庚子九百首

陳鵬舉 撰

上海三联书店

自敘

時大疫，避地雲間。日長夜永，聊以貰酒敲詩。歲盡得九百餘首，輯之紀年。

庚子除夕筆

目録

元月初一

哀楚

忍看微命折無辜，合是傷心真丈夫。曉見龜蛇悲楚望，夜聞蟾兔泣吴趨。塵間奇疾時時有，世外桃源處處無。記取亥年除夕夜，人如星斗遠相呼。

元月十二

開春二首

開春季節不成春，鬥士危城豈惜身。最苦痛時無晝夜，眼前都是眼中人。
上國春正不見春，如花兒女白衣新。當頭大難功名賤，到此應知不齒人。

元月十四

又當

又當四海獲麒麟，正是高丘楚些春。九派波翻替人淚，三聲猿嘯與誰鄰。詩文負愧憂中國，鼓角荒寒苦下民。風雪抱薪休動問，彌天大勇不曾貧。

元月十四

李文亮死有人於通衢積雪刻其名

尊卑榮辱説無休，雪刻微名命不留。橫禍飛來難掩口，官衙檐下强低頭。杳浮黄鶴此人去，終鎖大江春日愁。動地一場生死事，個中涕淚爲誰流。

元月廿一

即事四首

街樹庭花枉自春，市聲人影兩銷塵。百年只此空城季，誰是通衢羅雀人。

湖漢江河疾報飛，此行絶似赴戎機。誰家性命可輕擲，與子同袍衣白衣。

歷歷萋萋少夢眠，涉江哀郢淚滔天。人間多媚公卿骨，幾個中宵愧俸錢。

瞞天那得夢成真，九派雷霆擊下民。未許槍尖抬一寸，到頭必是落荒人。

二月初三

庚子半春讀李密韓世忠傳感成一絶

令伯陳情乞終養，良臣謝客不言兵。何時朝露潤芳苾，二月春風醉太平。

二月十六

鷓鴣天　有寄

挑剔銀燈墨未濃，回書欲寄拆還封。半春花樹當窗雨，滿地寒霜徹夜風。未盡酒，已成翁，蒼顔湖海與君同。聞雷投箸何須憶，自笑平生大夢中。

二月十七

鷓鴣天

九省通衢春閉城，萬家生死忽飄零。何曾大野無呼哨，却道蒼天殲蟻氓。枯淚冷，斷腸冰，何時四海見清平。哀哀托體山阿去，記得今生庚子星。

二月十八

鷓鴣天

塵海恩情漫足誇，雷霆雨露兩交加。封城野老瘞冤鬼，草檄書生泣筆花。　人世事，敗由奢，從來猿鶴等蟲沙。可憐一季春時節，三匝枝頭繞暮鴉。

二月廿二

夢枕

夢枕山房僧作鄰，兩邊秋接一年春。驀地嚎啕返身去，没處可安心底人。

凡塵

凡塵多不恤，萬類少相親。微命卜生殺，高香敬鬼神。哀思無竟夜，故國已三春。善惡時窮見，雙雙不惜身。

二月廿三

小窗

小窗時有月，有月可安身。勢衆多烏合，道孤遥卜鄰。悲欣同落木，盈縮等除塵。曳杖東坡下，陶潛是故人。

二月廿四

津渡

津渡人煙薄，梁園二月天。依山望星斗，對我説光年。萬古天猶健，須臾人已仙。中州存殁事，俱作爛柯傳。

二月廿八

大圜　用杜甫韻

大圜中夜寂，酩酊酒杯深。浪静江心月，風平檻外心。殘生何慮死，落墨自熔金。走馬燈花裏，閒尋束髮簪。

有夢

了無夢處亦思君，時近清明夢已紛。二十年來分别苦，儂家阿妹似秋雲。

初雷

截鐵未磨雞已鳴，少年弟子老書生。枕邊十里雷聲大，陌上三春雨點輕。老去歸田榮辱慣，病猶荷戟夢魂驚。鮮花文字誠難見，清采情思誰與盟。

有飲

平生大快醉如泥，浪迹風塵君莫提。雁陣南來更向北，水流東去亦能西。印鈕繩憶穿牛鼻，書案足存翻馬蹄。長夜春時行處遠，但由性命作靈犀。

二月廿九

題畫

野渡無人舟自横，今生記得舊生平。當時相見韋應物，向晚春潮不住鳴。

二月三十

漢馬

曾因汗血血流枯，生入玉門枉識途。西塞雷台度龍雀，茂陵霍墓踏匈奴。衛青有命頭顱貴，李廣不封身世孤。半部漢書繁殺伐，銅澆石刻夜聞呼。

三月初一

雜詩二首

携手河梁酬唱之，英雄蓋世淚淋詩。李陵下馬頭顱賤，從此家山苦別離。
詩酒美人班馬分，因何至此淚繽紛。雨花滿徑隨行脚，叠叠青山卧白雲。

又二首

壓酒吴娃斟滿卮，來禽遍踏鳳凰枝。難中三月春風面，諸事如花未可期。
闌干星斗遠山低，曾照孤舟過越溪。老卧東園夢清冷，三更烏鵲五更雞。

三月初三

雜詩三首

大塊文章青煮梅，天時夢覺動春雷。萬千年裏都如是，爲甚與君今世來。

起剪盆中樸樹枝，一宵雷雨又催詩。香椿嫩韭沙塘鯉，只有青春不誤時。

萬方多難過春時，面壁孤村賦此詩。應許冰心能遠寄，蓮花上座藕連絲。

三月初四

雜詩三首

花開時節不成春，楚些吴歈痛煞人。留待他年長灑酒，當初曾是照花身。

瀟瀟夜雨近清明，陣陣推波與岸平。阿母前年亭榭坐，到今難見已三生。

憐君重憶八雲筝，摇落櫻花暗惜聲。郭外每生檻外意，自抄經卷到天明。

三月初五

雜詩三首

門前芳草已萋萋，系馬停舟風雨堤。不計春深深幾許，一川流囀聽鵑啼。

薄塵親愛等鴻毛，鵜鴂聲悲似楚騷。任是雷霆時徹耳，昆岡獨卧醉春醪。

嶺雲未染鬢邊絲，酬唱竹枝兒女詞。舊國佳人曾一見，可憐後約惜無期。

三月初六

雜詩三首

衰年不見太平時，風雨如磐信有之。却道興亡盲摸象，遑論黑白啞觀棋。

當年苦雨落荒秋，曾上長安南堞樓。貴賤雲泥無限事，紛紛車馬覓封侯。

五十年來諸事非，功名身世每相違。望中不見兒時我，遠放鳶箏待燕歸。

三月初七

記弦索女子朱慧珍

冰心清絶玉音温，十八年中并世存。自墜空雲誰最似，雷峰塔下未離魂。

三月十二

奉萱

夜夢凄凄紙馬喧，來生再聚是空言。遥知墳草三年緑，獨向清明泣舊園。

清明國殤兩章

大難臨頭冀太平，通衢九省不聊生。蟲沙猿鶴紛紛死，鴻爪雪泥埋姓名。

若如長夜過春時，終見神州降半旗。都道世情如紙薄，國殤家難兩離離。

三月十五

杪春二首

杪春十五夜潮生，潮打涇塘十里平。庚子年來唯面壁，才知門外月分明。

一人一月一巵詩，待見神州弭難時。剩有澄清空在抱，此生差似一沙彌。

三月十六

用宋人竿纜渡韻

金沙碧海佛陀山，六十年來夢想還。渡海桴浮桴渡海，我家原在灌門灣。

三月十七

明月

二十四橋明月遲，無能有味是清時。誰人知我心中事，除却前塵杜牧之。

三月十八

槐花二首

紛繁世事亂如麻，獨坐夜分聽漏沙。春向窗前深樹緑，江南三月食槐花。
何曾月向别家圓，又聽陽春布穀喧。劍氣消磨唯酒氣，每因憂患泣元元。

三月廿一

聞雷

無端蝙蝠釀成災，數十億人生死哀。昨夜天公猶謦嘆，電光閃處動驚雷。

三月廿二

謝翰逸樓主人寄月季

喜到心頭愁到家，遠山春樹認天涯。閉門一别人煙久，日日相看月月花。

空相寺移得老松

曾在靈山第幾峰，龍鱗百萬化窮通。山房刹那風雷吼，僧指初擓十丈松。

三月廿三

有祭

成仁取義表家園，宿草墳頭凍不翻。二十二年抛我去，每逢今日默無言。

三月廿四

今生二首

圓睁明月五更夜，怒放春花三月天。合是今生片時夢，片時夢醒遠山前。
繁弦琴瑟憶秦娥，碧水蓮塘聽越歌。受得今生文字苦，也曾曳杖到東坡。

三月廿五

荼蘼二首

荼蘼花事已無多，風雨茅廬春幾何。向晚林花逕草路，看雲出岫水横波。

心事無端一夢羅，聽人子夜唱吴歌。繁星散落童山下，未及推枰已爛柯。

三月廿六

憑欄

心氣談鋒兩不支，遥聞四海洗兵遲。殘春花草神來筆，大夜風雷鬼唱詩。陌上雲鬟采桑子，江頭蓑笠摸魚兒。青山無盡人煙遠，能許憑欄一展眉。

三月廿七

穀雨

朝來空谷每登雲，懷抱清真芝草薰。半壁松風心著落，滿溪萍雨夢難分。曾經萬類魚龍舞，又了一年花事紛。此日天涯啼布穀，桑中戴勝已先聞。

三月廿八

舊歡

數度山居詠舊歡，少年子弟酒杯寬。琉璃七里瀧頭碧，蕭瑟一竿垂釣難。風燭黄公望子久，岫雲粉本富春寒。空蒼夕日鳴清磬，潮打聲聲欲上灘。

三月廿九

因緣

十分懷抱時聞磬，説破因緣紙一層。鐵石心腸飲冰雪，紅泥山寺望柧稜。刻舟待取中流劍，走馬坐看前世燈。七十年來了無事，青藤栽罷杖枯藤。

三月三十

感遇

感遇難逢太白來，流離太似少陵哀。五更聲落三春盡，一命轉圜雙鬢摧。塵外青衿疏舊雨，籬前野老貺新醅。終無心力負舟去，能向誰人問沈灰。

四月初一

軒窗

五十年前或差似，又逢今世大悲年。舊春花了事難了，丙夜鳥眠人不眠。吟席干戈呈左右，檄文枘鑿計方圓。所思唯有山中月，對小軒窗已洞天。

四月初二

江村

雨打風吹次第過，前番荆棘卧銅駝。江村冷落人初老，磐石蒼茫字不磨。抗世文章多敗筆，論交雞酒足高歌。枰中勝算何曾有，直似單兵渡界河。

四月初三

曾乞

漁子扁舟遠夢賒，三生性命在天涯。菰蒲煙水鷺頭白，亭榭晴雲燕翅斜。滿寺明黄染衣鉢，一池新緑種蓮花。梅城十里行香路，曾乞僧家雨後茶。

四月初四

曉夢

春來草長看多時，宿雨停雲感别離。老病時提風雨筆，癡癲每解鳥蟲思。横江落日歸桃葉，平野移尊唱竹枝。曉夢無端吹散去，欲傷往事已揚眉。

四月初六

退筆

硯邊多退筆，刪述有餘篇。老葉知松秀，希聲待鶴傳。雲騰龍破壁，風定虎跑泉。千古文章事，片時僧枕眠。

四月初七

入世二首

入世一生爲一期，期期本事到今知。嶺南九百年前我，曾與東坡啖荔枝。

來春又到去春時，誰不相憐誰似之。最是洞簫聽不得，教人漏夜詠將離。

四月初八

佛誕

淚下驀然終有憑，重逢此日見雲蒸。殘更明月暖如雪，亂世孤心寒似僧。避席十年藤作杖，閉門一覺谷爲陵。萬方弭難鳴鐘磬，鳳向菩提花樹升。

四月初九

夢得董其昌雲間疑舫

香光文酒處，攬轡復登臨。自是才情逼，無論風雨侵。草堂圍夏木，石舫過春禽。去去斯人遠，遥遥聽暮砧。

四月十一

近事

近事老來多不記，每憑遥夢溯佳期。少年青竹竿兒立，春日黄花閨女思。高看人間鴻鵠志，瀕臨日下景雲遲。自知多負青山債，三十年來空許詩。

四月十三

立夏

斗指東南似舊時，子規聲切夢棲遲。一川白水生寒意，辜負橋邊紅藥詞。

四月十四

東山二首

東山棋局東籬菊，西塞桃花西澗潮。都是髫年常夢得，到今垂老盡寥寥。

濁醪頻醉秋風客，澗石時眠淪落人。道是歸鴻歸不去，五弦空拂動梁塵。

四月十五

如若

如若鷹眠如虎睡，雨花雨粟兩沾肩。風塵未遇長安道，霜鬢猶繁薄暮天。畫壁春酷夢虛席，茂陵秋雨病餘年。江山寄迹能何似，渚上有人歌逝川。

四月十六

琉璃燈

今生雙目不清澄，未點琉璃前世燈。榮辱何堪詩與酒，悲欣莫辨俗如僧。風刀刻石天消息，鐵樹生花地廢興。合是虛檐青瓦冷，一簾雨下幾成冰。

四月十七

重謁寧波天童寺遺瓦

誰能相與浣溪紗，按下心頭便是家。趁雨一簾寬白袷，就荒三徑瘦黄花。夫争道上冰紋裂，屋漏痕中日影斜。未得荆山希世璧，百年華似一年華。

四月十八

寄塵

寄塵身世自家知，托命天涯客子卑。雲雀綺窗鳴翡翠，林檎青渚染燕支。重逢今日桃花面，遠嫁東風柳葉眉。坐愛尊前垂淚燭，教人特特夢佳期。

四月十九

雜詩三首

才華愛惜鬢間秋，月不長圓夢不周。三十功名誰得似，當年王粲賦登樓。

元非拋淚爲拋家，微命騷心兩有涯。自是三郎曾剃度，幾橋春雨落櫻花。

扁舟又向子陵灘，江上誰人垂釣竿。自是一年春盡處，富春山色未凋殘。

四月二十

蕭瑟

蕭瑟千官雁列群，先憂天下幾人云。臨風檐馬時鳴玉，過雨家山每起雲。破驛夢回親射虎，挑燈醉去乞從軍。史書不記詩家事，任是風騷世世聞。

四月廿一

庚子初謁寶山寺奉世良方丈三首

正是萬方多難時，燕歸山寺誤春期。琉璃塔下天青處，手執菩提花一支。

故國江山心事微，誰家赤子未曾歸。木魚鐵馬黄昏寺，四月松風吹短衣。

來無歡喜去無悲，能與雲泥道別離。七十年從塵海過，僧家院落夢靈犀。

四月廿二

剥放翁贈貓詩題世良上人寺貓圖

裹鹽迎得小狸奴，盡護山房經變書。狸是上人親手繪，忘筌竟日忘穿魚。

四月廿三

風雨二首

何求奇策對危夷，閉户青山滯客思。誰刷倚天風雨筆，曉來吹海墨淋漓。

别婦抛雛思郭八，芒鞋破鉢識蘇三。命中故土傷心地，起舞雞鳴風雨寒。

四月廿四

有寄

海釣山樵家道貧，暫留雲隱浪淘身。所思不值佳人約，用命才知士子真。萬里峰頭橫雁足，三春水面擁魚唇。興亡天下誰家事，舊雨紛紛漸作塵。

四月廿五

回徨

神州有事每題襟，松隱山居獨抱琴。窗畔慣聞啼鳥換，庭中懶掃落花深。空杯使酒伶仃起，照夜奔星肅殺侵。道是三生魂欲死，回徨秀木昔成林。

四月廿六

客夢

客夢飄摇渡海舟，尋常煙水淡淹留。空遺駿骨千金市，見贈綈袍百感秋。往事無多聊祭獺，生年有盡偶添籌。别離原是琉璃碎，一髮青山已白頭。

四月廿七

雜詩四首

燕子樓頭人獨宿，人兒夢里燕雙飛。詩家總是無情甚，夢斷樓空詠不歸。

琵琶一曲訴炎凉，南浦長亭春草長。最是文章憎命達，教人聽説蔡中郎。

特特馬蹄辭翠微，丈夫視死若如歸。南來天馬真龍性，除夜獄亭誅岳飛。

才辯江淮名不虚，遥聞芳烈涉吴初。多因孟德輕張蔡，豈是蔣幹能盗書。

小滿

瀧頭青逼五湖舟，又在江南過麥秋。雨漲梅溪才小滿，啼紅鵑口許多愁。

四月廿八

一世

一世能銷幾世愁，少年弟子帶吴鈎。當時未剃青絲髮，徒使相看雪滿頭。

四月廿九

斟茶二首

松下有樵宜問僧，眼中無劍不須燈。可憐俗骨悲生字，坦腹東床總不能。

前宵夢在東籬下，偏説餘年心事賒。雞肋紛争酥一盒，看人使酒自斟茶。

四月三十

步魯迅韻

才驚生死憐天下，欲續華章上筆端。青史棋枰争半目，紅牆冠帶列千官。傾城雷電晝如夜，孟夏煙雲暖乍寒。多難興邦屢成讖，五更星斗竟闌干。

四月三十

題川上居主人狸奴圖

穿魚留得小狸奴，美目一雙人影無。九命浮生眠不足，呼呼未了又呼呼。

四海

四海升平認不真，早年遭際獲麒麟。元知戎馬能開國，却道文章可殺人。雄主由來多俗物，下民從古似微塵。清平富貴無涯事，不待滄江有限身。

雜詩三首

有意送迎桃葉渡，無端歌詠鳳凰臺。才人在世無人識，寸寸心思遣大哀。

九秋蘆荻繁霜鬢，五月櫻桃點絳唇。今世相逢競相憶，前生絕筆泣麒麟。

蓮花上座見如來，萬類微塵去復回。三月聚糧才到此，與君一笑飲深杯。

閏四月初二

秦州

秦州原本龍興地，天水黄河道路賒。隴上開枝萌似戟，江南落葉静如花。杜陵野老悲生事，麥積山僧喜法華。到此才知誰是我，今時客子舊時家。

閏四月初三

雜詩三首

自將詩酒對孤檠，疏聽鷓鴣弦外鳴。三十功名青鬢雪，才知山水是先生。
馬骨兵戈踐舊盟，文人乞士淚如傾。莫非前世長相顧，總愛中州古邑名。
已是黄昏支杖人，殘年風燭漸成真。瞬間彈指雲間客，風雨由它泣鬼神。

閏四月初四

不是

不是地偏心自偏，心情久不在當年。何妨伸脚僧行棹，大可舉頭詩瘦肩。書籍美人香草句，亭臺蒲石雨花天。才知垂老能無病，清發呻吟送逝川。

閏四月初五

步白石韻畫梅二首

梅花開滿夢中溪，山復水重樵徑迷。已化放翁身萬億，冷香陣陣不成泥。

驛使傳枝事已荒，聽香吹雪亦尋常。拜觀白石無雙筆，欲寫梅花暗覺狂。

答貺

今夕何年久别離，同城遥夜遞相思。嶺南時令仍依舊，得似東坡啖荔枝。

閏四月初六

却讓

却讓春風吹緑葉，又教夜雨染紅花。竹生新秀彌天个，鴨踏黄沙滿地丫。聞笛短文長蓄淚，捽琴奇事本無華。閉門竟日偷閒過，多飲老茶多飯瓜。

閏四月初七

㮢齋自題

風雨同袍諒已難，睡鷹病虎影形單。清思不及梅花瘦，孤抱真如冰雪寒。萬歲枯藤聊落墨，千尋絶壁合書丹。當時曾種誰邊樹，勁節虬根夢錯盤。

赤壁

群英赤壁到今疑，天下三分命數奇。子翼盗書成粉鼻，士元獻計作銅錘。癸庚臘月連環陣，丁丙東風一夜期。顧曲周郎坐相悦，終教諸葛大名垂。

有贈用㮢齋自題韻

長安米貴索居難，江左鱸鮮歸棹單。蟲鳥時啼五更暖，江山每對一尊寒。往生萱草無窮翠，寄命榴花幾許丹。快意到今長記取，曾聽秦嶺雁聲盤。

閏四月初八

吟奉茗屋宗兄一笑用加梅韻

夜談祭酒意遲遲，花落鳥啼刀筆詩。拜讀陳言三萬字，春秋粉墨退之知。

閏四月初九

水滸

百單八將草花秋，地煞天罡暫且游。逼上梁山氓幾個，乞歸天闕賊同儔。武松魯達拳生死，楊志林冲刀去留。最是三江門方腊，夜潮寒月落荒丘。

閏四月初十

何來

何來妙手取升平，料想白頭能返嬰。大夜一人看獨月，高秋兩淚感雙清。書生性命詩張膽，故國文章劍貺名。記得爛柯棋一局，登樓將帥過河兵。

閏四月十一

有寄

故舊東門瓜熟透，分瓜遥想用吴鈎。畫眉一掛長藤鳥，浮鼻滿川流水牛。我命還詩度殘歲，君心使酒祓離愁。人間多少風流事，除却生年不到頭。

六億

六億聊生計，誰家發浩歌。京華春幾許，野曠命如何。漲海垂雲久，天街踏骨多。人間煙火事，不必拜彌陀。

閏四月十二

謝茗丈賜印

歲歲銜刀破俗塵，千春鵑口每啼真。原非有意稱宗伯，實是無心遷客身。避世才名累鐵石，回腸文字述麒麟。坐花壓酒誰能似，只有扁舟識故人。

閏四月十三

前塵

前塵已讀漢詩篇，今夕不眠風雨天。排闥山川朝祭酒，沈香魂魄夜行船。看潮漲海愁無際，踏骨天街痛永年。涕淚原非有情物，到傷心處落吟邊。

芒種二首

温酒煮梅能是誰，又逢初囀伯勞時。可憐世代田家子，芒角衷腸盡種詩。

販夫走卒見交情，池草山花有學名。最是文章難抗世，幾家能得好收成。

閏四月十四

用曹子建驚風句起句題吴子建所劚印蜕

驚風飄白日，光景馳西流。大命不遠慮，天姿誰與讎。子生如瓜熟，建除帶吴鈎。來時空旁側，蕭條獨自游。上古識彝鼎，中州窺冕旒。撫掌觀箕斗，向石取王侯。蒼茫秦陵谷，清折楚山丘。百戰亂旌纛，萬死摧兜鍪。脱穎懷刀出，輕易殺雞牛。廣宇繁兵馬，不知鳥蟲秋。此心何所適，所適千歲憂。吹塵洩神迹，叉手散清愁。

買花三首步隨園韻

一番風雨一番新，黄絹山塘幼婦春。未見荼蘼花已滿，買花人作摘花人。
舊雨未來新雨休，海棠紅藥不知愁。嫩春輕看人煙淡，花滿東園百尺樓。
庭卉瓶花漫自誇，女兒豆蔻好年華。賣花人住蓬山下，却道蓬山解語花。

閏四月十五

見燕子

東風依舊燕泥新，問道東風能幾春。輕浥雙行涼薄淚，檀郎已是出家人。

閏四月十六

隨園韻又三首

挑燈五夜落花新，煮酒江南細雨春。昨日穿鱸淞水畔，客鄉人似故鄉人。

十年重聚戚還休，隔宿風塵忘計愁。昔日少陵舟上死，望中猶記岳陽樓。

莫作聞雞起舞誇，幾场風雨折春華。在山時愛殘陽色，携酒行看野草花。

閏四月十七

野田

野田黄雀又啁啾，舊國征人向晚游。草檄雄文曾病腕，濺花熱淚每垂頭。春朝宜愛玄黄馬，雪夜偏興來去舟。側柏眼中才算樹，對樽醉煞不能休。

閏四月十八

每聞

每聞獅子吼，如見空山春。芥子存微命，金剛不壞身。前生行乞士，今世讀書人。三笑虎溪客，當年是舊鄰。

閏四月十九

夢得二首

夢雪朝來三數峰，來尋山客舊行蹤。望中一點朱唇冷，始信梅花有怒容。

咫尺天涯淡淡風，江山萬里隔簾櫳。筆端煙墨描秋水，道是伊人在水東。

閏四月二十

雜詩三首

人天人海不由人，傾國傾城頃刻真。十一省摧千萬户，洪流過處竟成塵。

山居寒夜對殘釭，隔岸嚴灘老竹窗。記得當初黄子久，扁舟横截富春江。

莫作東都放榜誇，平生未到舊京華。春風却是曾相識，看盡姚黄魏紫花。

閏四月廿一

鄉關

鄉關契闊夕陽中，生計蕭條兩板銅。長水扁舟憶秋白，小山薄酒奠春紅。吟無好句羞題壁，言有高人應夢熊。自笑平生英氣盡，空余病目似重瞳。

閏四月廿二

陽曆生辰

無多俗態掠浮名，神鬼敲門夜不驚。梅子黄知身已老，榴花紅憶命初生。筆端文字斗升粟，頭上蒼天咫尺晴。詩債逢人隨處有，到今七十未還清。

閏四月廿三

山家

錦灰空瘞舊年華，磨劍拿雲心事賒。沈不沈魚沈野水，落將落雁落平沙。單兵盾鼻殘更墨，大雪江關臘月花。夢裏無論行不得，陶巾漉酒在山家。

闰四月廿四

風雨二首

急雨如花開滿地，小園鳥語濕淋灕。一場風接一場雨，春閉柴扉到夏時。

風雨茅廬暫息身，所思青泖已沈淪。側磚削竹思名馬，雙鯉孤燈憶故人。

閏四月廿五

有寄

長懸東壁五弦琴，漫煮蜀茶閒自斟。滿地花開春作罷，一聲雷動夏成蔭。澄江緑水如青首，豪雨霖鈴似玉音。最是雁書時抵達，高丘有女見登臨。

閏四月廿六

見三十年前詩稿有作二首

萬千詩句百盤腸，片紙越年留墨香。一隙天光過白馬，眉尖鬢角兩蒼蒼。
但憑雁足渡雲津，厭説天涯若比鄰。窗下時晴時雨日，才知今世墨磨人。

閏四月廿七

雜詩三首

梅鶴雙清西子湖，橫斜疏影見林逋。而今蕭瑟心常愜，昔日繁華每向隅。
風流誰與説風流，交錯杯盤醉未休。謝朓樓頭過秋雁，那知李白不勝愁。
蒼茫神采説康梁，直射眉心寶墨光。我亦中鋒運椽筆，十年項背望劉郎。

閏四月廿八

誰與

誰與聽更誰減燈，待凝朝露待凝冰。黄縢但憶釵頭鳳，槿汐應知月下僧。長史草書言肚痛，少陵格律感秋興。蒼蒼鬢角何須染，遠浦看帆落又升。

闰四月廿九

雜詩三首

東風赤壁棹頭歌，却道人生能幾何。顧曲周郎人世少，春深銅雀日無多。

天留一命撫桐歌，目送歸鴻能幾何。秋水落霞風景少，羞花閉月美人多。

横波三泖白升鷺，媒雉五茸青甃城。底事來棲淞水畔，尚存風燭乞清平。

五月初一

雜詩五首

深閉庚年五月廬，榴紅如燭薄明初。比鄰青泖還侵夢，得見鱸鱗錦弗如。

楫擊龍舟逢惡月，石沈屈子悼清時。年年得遇詩人節，楚必亡秦本可期。

平平欲乞筆生花，衮衮衣冠魚貫斜。神得似鵝終不見，形難及蟹滿牆爬。

俗人膏肓命不賒，草臺漫作廟堂誇。書名從古幾人有，六十年來千萬家。
佐茶下酒盡由之，世事年來無不奇。又是一天聽風雨，當窗夏木翠淋灕。

五月初二

獨有

獨有騷心可對天，又逢惡月弔先賢。懷沙空墜無多淚，抱石自沈千萬年。

雜詩三首

紅藥橋邊姜白石，瑤臺月下李青蓮。生民不濟詩家苦，得伴君王亦枉然。
龍窯旁側故人家，曾剪燈花看雨花。蘇子求田諒差似，只因貪愛雪芽茶。
憑欄倚馬送流年，尺楮文章菽水錢。却笑無情有情裏，與人與己苦周旋。

陳穎見䀹

風清雲淡水連天，十載神交文字傳。見䀹青蓮滿塘研，眼邊更使湧田田。

五月初三

雜詩三首

夏楮春縑字八千，涇塘三里雨如煙。杜門敷衍離騷句，湖海行藏未必傳。

人海我從滄海來，灌門日夜響驚雷。開看南宋四明志，但覺清光照劫灰。

風鳴林下畫眉鳥，水拍槎頭縮頸鯿。近日回腸成九曲，欲吟解悶少陵篇。

托體

托體清江托命天，一人歌哭亦欣然。而今渺渺深愁予，憔悴平生不象賢。

端五

八面風雷棲小樓，又逢端五見神州。江山歲月廷中議，穀米斗升天下愁。屈子行吟歸大澤，帝閽倚望鎖高秋。楚騷生養今生我，枉許詩中見白頭。

五月初四

聞松園初成奉照誠方丈

獨園留大德，空相五燈傳。聽雪三千里，移松八百年。洞天光有盡，丈室廓無邊。掃葉遥相謁，拈花咫尺前。

三年

人生最苦是流連，又到候晴聽雨天。點上酥油燈一盞，萱堂泣別已三年。

不計

不計雁南忘雁北，流年如水幾停雲。雪鄉日暮寒烏合，駱驛路賒班馬分。那有華章曾許國，能無霜刃不呈君。魚吞四海蒼凉氣，獨上河梁涕淚紛。

五月初六

西湖九首

六十三年酒一巵，舊家蹤迹夢相期。虎跑泉畔蕭條我，獨憶萱堂而立時。

五月初七

蘇堤原是夢中鄰，弄笛莫非沽酒身。滿院荷花都醉煞，有人一笛絶風塵。

水岸天堤一綫長，未含秋色感潮凉。一場迎面小青雨，照夜濕團明月光。

瑟瑟誰憐蘇小裙，離魂不見舊時墳。西泠到處無人識，相看榴花到夜分。
躬身長揖佛陀峰，面壁三生憶舊容。飛處飛來冷時冷，如言靈隱本無蹤。
孤山芳草滿離情，拽杖遍尋前度塋。莫問玄奘葬何處，詩留空谷空傳聲。

五月初八

夕照湖山漫姓西，嬌娘衲子每離迷。須臾夢倒雷峰塔，點額雄黄過白堤。
緣盡雷峰一體同，拈花南越妥玲瓏。瑶台群玉盛唐氣，若在朱唇一抿中。
并世親持貝葉春，最憐天則是天倫。夕陽山外山間坐，擬作浙江歸棹人。

五月初九

七十初度

長安棋局乏勝算，多難生民自古貧。當月榴花初九日，傾城艾草古稀身。陳琳草檄如空發，阮籍貪杯本不真。忽報江河泛中國，瀟瀟梅雨淚頻頻。

寶山寺即興恭題世良方丈狸奴圖

祇園棲住小狸奴，幸得僧家妙繪圖。敢問别來無恙否，庚年丙夜守跏趺。

五月十五

庚子蒲月大雨謁寶山寺初登七層木塔奉世良方丈二首

將息最難看漏沙，蓮台大雨翠清華。僧家知我流連苦，新沏白雲深處茶。

乞士大心元有因，七層木塔已成真。庚年水漲三千里，策我登臨祈萬民。

五月十六

讀根遠宗兄所攝潼關古城

聽雨聽風滿地愁，披圖撲面渭南牛。輕車前度潼關破，曾見秦陵月似鈎。

五月十七

憶得蒲月十五謁寶山寺補三首奉世良方丈

微命何能誦法華，心生蓮子石生花。曾牽白馬河西去，識得雲深一徑斜。

因緣又乞佛前茶，梅雨松雲清磬賒。太似輞川山水筆，馱經橋畔紫薇花。

千金馬骨久沈埋，前度靈芝又折釵。僧引行香過曲徑，雨花滿地濕芒鞋。

恭謝世良方丈賜畫槜齋二首

上人惠我繪槜齋，多難淹留海上箄。剩下貞心似秋月，上蒼難死地難埋。
最難塵海浄無華，煙雨溪山似永嘉。想是僧人行萬里，云根還在舊時家。

頃聞屯溪明代石橋毁於洪水改郁達夫句

新安潮漲浪悠悠，兩岸人家屋似舟。一夜屯溪橋下夢，斷腸寸寸痛徽州。

五月十八

白蛇三首

流乾紅淚透鮫綃，不見斷橋殘雪消。非是當初郎選錯，人情凉薄莫如妖。
雷峰無辜七層高，終使嬌娘没處逃。鴛夢何堪轉頭了，寸心寸鐵快如刀。
總是西泠六月花，相看長似舊年華。濛濛一傘孤山雨，又向白堤吟白蛇。

新安洩洪

今夜洪峰過浙江，兼程風雨水摐摐。渾如萬馬崩天岸，又似千軍摧石矼。七里瀧經瀧里七，雙行淚接淚行雙。停杯不覺殘燈冷，照見桐廬舊面龐。

五月十九

老病

老病無眠每憶君，庚年梅雨太紛紛。大杯酩酊浮生聚，獨月清涼入夜分。國士才名酬子曰，烝民生養哭詩云。我廬地僻休存問，檐角青青立白雲。

五月二十

誰繪

誰繪關河冷落圖，汪洋九派淚眸枯。梅花清遠空三弄，鳳曆高華向一隅。照夜星光破蓬華，臨江人子坐菰蒲。薄塵寄命才能賤，天下興亡愧匹夫。

辰山口占

辰山涼夏雨連波，矶畔餐魚可網羅。料是餘年多夢想，相看咫尺黑天鵝。

五月廿一

活鱼

活魚春水忌清淺，察鳥秋毫未可期。鸚鵡不言伸手訣，葫蘆猶掩護身詞。何堪北海吞氈日，已是東坡策杖時。欲向人間存性命，空階疏雨獨吟詩。

五月廿二

脱穎

脱穎自將歌哭陳，留糧隔宿莫言貧。魚吞煙水六根浄，花落風塵五味真。客夜梧桐新滴雨，昔人龍馬故生春。可憐萬類流離苦，頭上蒼天每不仁。

見郁達夫絶句玉兒春病胭脂淡遺墨步韻漫成

若如往事都看淡，心意微茫拾落花。獨有人間蕭瑟感，一簾秋雨撥琵琶。

五月廿三

雜詩三首

無端又夢武林游，潮漲平湖涼似秋。剩得孤山看煙雨，梅開鶴唳不勝愁。

馱經持鉢了無憑，遠涉龍沙已不能。深坐妙觀蕭寺外，春歸燕子暮歸僧。

青絲白髮兩流連，見鬼逢神自在天。再活人間三十載，更加十五夢中年。

五月廿四

何處

何處曾留雲屐痕，縹緗月色照柴門。夢多聊接飛花令，年少漫成弼馬温。雨粟荒寒每求乞，鬼神歌哭太銷魂。哀鴻聞得三千里，俗世安巢多不存。

雜詩二首

泖田漠漠雨沈沈，水木清華接地陰。自是池塘春草敗，一場青碧未鳴金。
隱隱青山寒日斜，離家咫尺等天涯。十年棲滯五茸地，一曲板橋蘆荻花。

五月廿五

五絶七首

平生多白醉，不得廓清澄。此意誰差似，江湖來去僧。
殘更吞大夜，曠野吐孤檠。風雨飄零夕，寥寥詠落英。
項王不稱意，四面楚歌新。垓下烏騅馬，帳前虞美人。
妾意詩三百，郎情作九歌。雙雙托生死，生死竟如何。
通脱蘇東坡，清淡陶靖節。臨風開窗軒，三杯坐相悦。
懷中三尺鐵，指彈聲清切。深宵醉沈沈，頭上飛白雪。

憶昔雲夢澤，曾逢香草陌。去去無歸期，與君風塵隔。

五月廿六

雜詩三首

未脱黄梅天苦雨，頻摧白屋夜驚雷。萬家貧苦原如洗，更著江河横溢來。

初見忘年即如故，風塵各借一枝安。閒聊七十二疑冢，曾與退翁吟阿瞞。

小園阡陌滿蒼苔，風雨故人斟一杯。相看無言祝安好，庚年餘事劫餘灰。

五月廿七

雜詩二首

水漫九派雨漫愁，誰把江神河伯收。可有夜枝棲楚鳥，怕無夏月喘吴牛。

風雨蒙君遞蜜桃，所慚無以報瓊瑶。隔年大有滄桑感，曾買扁舟醉濁醪。

五月廿八

雜詩六首

得似櫻花朝解形，何堪劍閣夜聞鈴。三郎都是多情種，爲帝爲僧兩涕零。

完釵破鉢不須存，故國江山誰與論。最是西泠歸不得，蘇三蘇小兩離魂。

盛極必衰元有因，漁陽鼙鼓起胡塵。六軍駐馬空争取，三尺白綾誅美人。

曼殊身世不須真，踏過櫻花第幾春。獨有傷心淚盈鉢，朝朝暮暮覓佳人。

現世枯榮一刹那，楊公堤外漾微波。饒他九五爲天子，不及漁樵對酒歌。

都道名伶本子虚，誰知粉墨聖賢書。寒窯賨石山邊廢，遥指燕南曾寄廬。

五月廿九

雜詩六首

煙緑晴紅夢不成，濛濛大澤待潮生。或聞梅雨今宵退，八百里波齊岸平。
新詠有云無所云，聊懸雁足度黄雲。而今老病天難死，四海一隅時念君。
俗世功名已淡忘，習文賺得舊書香。賣漿昔日引車去，只爲家中隔宿糧。
清淚此生留有餘，早年曾讀馬遷書。由它肥馬高軒過，覓得菰蒲便可居。
行了春風行夏雨，不知夏雨向誰邊。濛濛瀝瀝江天濕，小屋如舟不得眠。
繪得家山風雨圖，零星燈火夜須臾。前回曾見琉璃塔，欲説悲歡忘有無。

史書

史書讀得幾分真，杯酒薄涼邀鬼神。空有詩文裁別集，愧無金粟買高鄰。滿溪野水魚遮月，一角春檐燕落塵。不覺須臾人已老，今生誰與泣麒麟。

五月三十

世亂

世亂家寒少讀經，紅旗漫卷感飄零。劇憐風雨巢烏鵲，堪惜關河過脊令。圖畫長留七分白，文章還殺一回青。杜詩屈賦流連久，萬里相思到洞庭。

六月初一

輓退翁四首

弱水三千取一瓢，吟成皎皎與嶢嶢。風塵不失真夫子，走馬燈花賞寂寥。
傾城春色隔簾櫳，尺楮絲欄興未窮。淡忘屠龍驚世技，蟄存芝室淺雕蟲。
舊時明月夢無邊，紅豆相思第幾年。只有周郎能顧曲，抱琴每向石窗前。
漫卷詩書洗却愁，泖田梅雨一時收。得歸去日終歸去，無有青絲不到頭。

出梅

江河湖海水横流，四十餘天凉似秋。淡出黄梅時節雨，今看六月採蓮舟。

六月初二

雜詩六首

遥想黄雲飛白雁，獨看碧樹聽玄蟬。時逢大暑多風雨，清粥斗升祈永年。
青春持鉢有何憑，總是傷心哀不勝。時拭蓮台時拭淚，莫非俗子莫非僧。
史書下酒滿堂春，武帝仁宗各逐塵。此意蒼凉不須問，逍遥馬上坐誰人。
連天風雨幾曾聞，落難舟車亂似雲。大澤應憐鴻病足，平沙蘆荻夢紛紛。
十年寄迹五茸城，碌碌無須籍籍名。大夜無言留獨月，殘箋有句見雙清。
雨雨風風實可傷，當時初見髮蒼蒼。浦江紅俠塵封久，哭向空濛吊阿章。

六月初三

王風

王風蔓草結連營，那得紅塵見太平。借箸劃田原有恃，洩洪開閘總無情。牽牛星漢迢迢夜，司馬文章籍籍名。明日黃花蕭瑟感，相逢不必話陰晴。

鷓鴣天　憶謁孤山蘇曼殊墳遺址

乞士墳頭燕子斜，傳聲空谷落平沙。莫非並蒂三生意，終是孤山六月花。雙淚滴，一袈裟。行雲流水本無家。傷心此地曾埋骨，應有涯時無有涯。

六月初四

鷓鴣天二首

故國江山夢不勝，天涯寄迹酒杯冰。殘箋有句留孤月，大夜無言乞此生。心瑟瑟，意沈沈，蕭蕭樵葉落花聲。當窗一曲清江水，佇看東流溯舊程。

生似夏花開一程，留將蟬蛻藉秋聲。小山青碧多風雨，長水蒼茫無廢興。燈走馬，雨飄萍，桐焦松隱慢調箏。佳人竟夕哀無語，竪子由來浪得名。

六月初五

鷓鴣天二首

榮辱枯榮莫不同，情長夢短兩匆匆。江中明月涵秋碧，嶺上梅花匀臘紅。三尺劍，五花驄，風塵持酒一相逢。由他踏骨天街痛，直是空弦屈是弓。

風撲面，月寄迹東門學種瓜，伶仃處處即天涯。幾株懷素芭蕉葉，一本聶嫈棠棣花。

籠紗，十年空憶舊時家。嚶嚶盡作傷心語，萬選霜毫鐵劃沙。

六月初六

傳奇五首

斷橋離合哭嚎啕，一段傷心没處逃。畢竟紅塵太凉薄，琉璃好看不堅牢。

白馬解圍原可哀，當時一諾苦追回。那知普救黄昏寺，月下玉人如約來。

三百紋銀欺下民，同年進士竟同塵。柳林寫狀天機破，翻案終須座上人。

紅塵未免太飄零，欲剪愁思萬縷青。十六年中别離苦，到頭難畫玉蜻蜓。

真真畫像叫無停，五百年來大夢醒。殊俗異時都説錯，娉婷只合牡丹亭。

六月初七

背燈

背燈枯坐月華明，風雨前塵入夢清。即席唱酬多引玉，對枰殺伐每哀兵。蒼茫一足神夔立，酩酊雙睛病虎行。四海紛争無竟日，庚年何處見清平。

六月初八

題畫四首

爲人堪笑不如魚，俗世渾忘青眼初。不見廟堂分黑白，從來湖海辨親疏。

閒寫青藤白石圖，陳年紙絹墨模糊。高山墜石何時墜，萬歲枯藤來日枯。

四時最喜在山家，五月清歡漫足誇。屋外滿川梅子雨，案頭孤本石榴花。

新秋倚立日西斜，寶馬香車黏落花。仰面佳人風閣淚，只緣青鳥已天涯。

六月初九

讀史三首

楚歌四面欲何之，坐帳吟哦垓下詩。成敗興亡本天意，烏江滚滚逝烏騅。

八千步卒掃胡塵，漢武帳前誰比倫。下馬才知英氣盡，河梁携手淚沾巾。

特特馬蹄過翠微，山河萬里鷓鴣歸。臨安臘日風波惡，宋帝深宵殺岳飛。

六月初十

題畫二首

青青牛角掛閒書，漠漠泖田煙雨初。所幸年來城外住，研磨煙墨寫村墟。

燈下遠山行旅圖，題襟消夏在吴趨。野田白日鳴黄雀，邊塞黄雲過白駒。

六月十一

鷓鴣天

擊節高歌酒滿甌，十年川上賦東流。八叉茅店雞聲起，三叠陽關朝雨收。　金馬骨，錦帆舟，誰爲天下稻糧謀。寒生客地無眠夜，愁到今宵未白頭。

六月十二

鷓鴣天　憶廣勝寺

生旦浄末丑真真，擎燈日夕見遺存。琉璃寺壁元人筆，菡萏山門漢俗塵。　平水韻，大槐根，南雲萬里久紛紛。懸魚輕叩空明裏，金藏來今莫比倫。

六月十三

鷓鴣天　憶孤山

春盡小山香滿岡，黄昏系馬雨微涼。多因空谷存孤月，無有蓮花擬六郎。　形綽綽，影攘攘，飄蓬遭際醉清狂。三生宿命誰曾是，一束生芻掛劍長。

六月十四

有寄百字

大才命不羈，魂魄兩相觸。在山枕流溪，彈淚飲新醁。舉世意寥寥，休言才名篤。小民慮斗升，冠帶飽金粟。持笏何許人，天街步躅躅。上命如洩洪，勢大損不足。貧賤多艱難，富貴能百牘。山中只片時，家山已殊俗。今生何所似，此心何所屬。小子如周郎，悵然顧絶曲。

六月十五

夢得一首

朗抱梅花烈，高情臘酒渾。緑溪依白屋，青瑣掩朱門。但使銜官冷，莫言天子尊。清平千古事，盡是舊王孫。

六月十六

雜詩四首

潮打江南百十城，臨江屋倒似舟傾。可憐膽破兼家破，但聽雞鳴雜馬鳴。

一生一世一回春，草長花開多不真。雨下五更兼淚下，燈前對酒是誰人。

杯酒淺斟殘月邊，填詞又擇鷓鴣天。而今精氣銷磨盡，欲憶前塵舊少年。

雪月風花無已時，青山白水夢遲遲。裁將斑竹雙行淚，好護塵情一篋詩。

六月十七

雜詩二首

莫乞上蒼恤下民，未妨買醉五湖春。荼蘼身世元來賤，一任東風吹作塵。

零鴻只雁不離群，仗劍從文未許分。六月蓮花開滿席，三巡酒過見秋雲。

六月十八

鷓鴣天　立秋

畢竟夏蟲能語冰，史書下酒早知情。經年心事一如故，故國山河幾度經。風瑟瑟，雨零零，家山秋社問歸寧。寒蟬將盡平生力，更向枝頭不住鳴。

六月十九

鷓鴣天　六月十九

送子金沙百步平，慈航碧海一輪明。猶沈水月浮生夢，曾點琉璃前世燈。非有意，是多情，還牽龍馬負經行。菩提樹下幡然過，鐘鼓清撾不忍聽。

六月二十

鷓鴣天　聞西安久雨明城牆有圮廢

雨露雷霆兩薄情，長安忽地圮明城。八千里嘆天時變，五百年哀王者興。池出浴，塔題名，到頭冷雨谷爲陵。江山無限風光麗，每與江山鳴不平。

六月廿一

欣見丁亥舊作一如拾得遺珠依韻得四首

聲傳空谷月敲門，雲掩蒼山黄葉村。舊日朱顔今不見，才知錯認雪泥痕。

深閉去年今日門，暫棲山下水邊村。庭中蘭蕙開無敗，應是生花夢筆痕。

也曾桴海認家門，聽雨候潮銀杏村。斗酒詩篇夢難得，年年風雨鳥啼痕。

潮打空城詠白門，素心晨夕卜南村。風流原是多情甚，淚濕青衫雜酒痕。

六月廿二

鷓鴣天　新著自題

歲歲池塘春草更，當時只見鬢間青。遥岑遷客幽行履，高閣佳人哀飲冰。　摩石劫，感潮生，卅年空似斷鴻鳴。忍教文字飄零去，浪得江湖狼藉名。

六月廿三

一任

一任官貪十世錢，深山一片鷓鴣天。大哀不誦離騷賦，飽學才翻管錐編。匹馬匹夫頻汗血，五燈五夜每逃禪。不知今世是何世，竹屋松窗風雨前。

六月廿四

遠山

遠山天際外，日夕獨無言。舟馬村邊過，風霜鬢角繁。春闌花滿徑，秋老石成園。何事長相憶，舊時登古原。

六月廿五

初見新著

傳書黄耳已天涯，煮酒青梅大夢賒。常是青衫淚淋漓，卅年文字斷腸花。

六月廿六

雙生花

山多行旅水多舟，夢欲清狂醉欲愁。能與誰人同秉燭，細觀畫壁舊王侯。

六月廿七

山多行旅水多舟，夢欲清狂醉欲愁。林有清泉能見月，田無唳鶴不聞秋。何時蕭散尋雲脚，隨處琳琅退筆頭。能與誰人同秉燭，細觀畫壁舊王侯。

六月廿八

晨起恭書郁紅仁弟所撰金山萬壽寺新起藥師殿門聯二首

沾唇美酒舊吟杯，淪落他鄉時泣哀。又見山邊夕陽寺，亂飛蝙蝠爲何來。天涯寄命欲何之，萬壽金山謁藥師。沐手平明録聯畢，仰看菩薩正低眉。

六月廿九

蓮花月留別

蓮花有時節，見湧眼眉前。得遇長相悦，所思頻惜緣。命延千指粥，囊置一文錢。蝸角繁争鬥，青塘淡忘年。

七月初一

榮華

榮華無黑白，卑下不相親。木朽沈香久，露寒垂淚新。忘言五更夜，泡影兩間身。去日來朝里，空斟滿席春。

七月初二

雜詩二首

男兒身世帶吳鈎，夢里功名一命留。落日漁樵能見老，白頭耕讀可憐秋。

浪卷山城不恤人，洩洪三峽苦烝民。命逢亂世飄零日，好夢何曾到薄塵。

七月初三

濁醪

濁醪雞黍紀東流，得見庚年漸入秋。海曙雲霞無起止，浪淘城國幾沈浮。登樓王粲功名薄，草檄陳琳姓氏幽。遭際萬方多難日，誰先天下有殷憂。

七月初四

處暑

露清秋欲白，五夜過中庭。江褪鴨頭緑，山凝牛角青。凉花猶久遠，老葉各飄零。湖海空相憶，在原聽脊令。

七月初五

入秋

前塵文字總尋讎，漫卷窗軒酒一甌。妄想劫波波有盡，傷心苦厄厄難周。聊收蓮結滿蓬子，忽聽蛩鳴環舍秋。郭外無多故人到，但將清淚托離愁。

七月初六

舍北

舍北岑樓落木深，高秋時節獨登臨。萬山望斷將枯目，一笛吹寒未竟心。落日漁樵炊脱粟，上官宴樂鬬黄金。飛鴻永日無來去，直似新磨舊劍鐔。

七月初七

七夕二首

女兒心事總難排，入地上天無有涯。今日牽牛鵲橋過，笑他王母劃金釵。

鴻爪雪泥風雨賒，昏昏燈火計桑麻。人間誰是支機女，鬢插牽牛七夕花。

七月初八

聞黄老新著新展夜夢過往有作

喜鵲坡頭布被温，夢花奪翠老行尊。兩間一卒痴情態，百歲雙行破涕痕。凛厲干戈明放膽，唏嘘筆墨暗銷魂。邊城碣石如星斗，曾見先生隻手捫。

七月初九

讀髮老九歌舊稿口占

開看圖畫幻成真，離騷夫子九歌神。一支鴻爪雪泥筆，才力長疑不似人。

七月初十

板橋

板橋霜履迹，拄杖過樵亭。山月方斜白，蘆花欲滿涇。去時嘗困苦，來日亦飄零。來去空無住，秋聲兀自聽。

七月十一

夜雨

夜雨松寮隱隱雷，蒼山亂迭古書堆。江河暑氣鳴金去，天地秋聲擊鼓回。桐木歸禽歌翡翠，鹿車荷鍤破崔嵬。十年俊爽多生別，墮石飛雲盡劫灰。

七月十二

雜詩三首

道是黃花笑逐臣，黃花原與逐臣親。相如有病廉頗老，猶作兩間荷戟人。

男抱陶罍女沏茶，鄉鄰院落挑燈花。杯盤邀我做醺後，分吃東園新熟瓜。

若如頭頂灌醍醐，風雨清涼酒一壺。不是青蒼成一色，眼中歷歷九峰孤。

七月十三

三國四首

連環一計幾曾矜，月下花容美不勝。慨嘆貂蟬還在世，驚天動地再無能。

天教姊妹勝羅敷，雙嫁江山大丈夫。銅雀東風無盡恨，大喬遁隱小喬孤。

白帝城中帝命休，私仇國恨兩難酬。劉郎畢竟真雄主，失了荊州無所求。

臨表涕零諸事哀，祁山六出勢難回。步罡踏斗終何補，五丈原頭大夢摧。

七月十四

紅樓三首

豆蔻燕支花事繁，十年刪改悼紅軒。毗陵大雪茫茫白，跪別舟頭口不言。

木石因緣不可期，死離生別欲何之。但憐還淚絳珠草，空憶愁顰冷畫眉。

美人巧笑畫堂前，天眷無憂春日邊。落敗才知劉姥姥，金釵委地有來年。

七月十五

中元

薄塵風雨究如何，誰救蒼生百病磨。苾芻不語沙彌笑，指看盂蘭花曼陀。

七月十六

此日

此日登臨垂釣鉤，聽魚看鳥欲忘憂。紛紛急雨鳴龍馬，陣陣亂雲過堞樓。無數山前江底月，一場鬢上棹頭秋。多情應許羊毫筆，最不饒人家國仇。

七月十七

相望

相望不相見，相見已經年。新脱囊中穎，漫書燈下箋。怯霜繁鬢角，貪酒到唇邊。未散清秋席，紛紛惜舊緣。

落木

落木聽鳴玉，寒花看入秋。城中潮打夜，郭外月明樓。面壁無人會，拈花獨自由。思君緘鯉素，君在木蘭舟。

七月十八

破戒

破戒須臾事，銜枚無盡憂。殘陽正西下，横海過中流。瘦骨分班馬，孤篷逐客舟。幾人圖鶴算，買醉想高丘。

七月十九

大明

大明風範自振振，陋室棐几宜隱淪。老去有心多種樹，生來何慮少堆薪。夢成張翰三秋膾，憶到陸機千里蓴。盡掃霜天無盡葉，飽看萬木不知貧。

大夢

大夢何曾覺，平生已式微。萬千聲葉響，三兩色花稀。虛席青梅酒，衰年黃竹扉。秋山望不斷，白馬在重圍。

七月二十

白露二首

曉沈明月夜鳴潮，承露銅盤夢已遥。欲會蒹葭空寂意，踏過今世舊秋橋。

來鴻歸燕兩蕭條，塵世誰云未折腰。水薤堂前清露白，九原秋氣想風飈。

七月廿一

雜詩三首

才似江河氣自邕，會心筆筆走中鋒。草臺扶起嬌無力，字匠聲聲魚化龍。

高峽寒雲暮蕩胸，滿溪亂石醉推松。文辭經得流離苦，衹向天涯夢底逢。

嗒然聞笛哀嵇吕，驀地摩碑驚蔡邕。信是才情非俗物，幾人古徑策孤笻。

七月廿二

榮辱

榮辱平生一卷書，劍門細雨夢騎驢。三閭投水方瞑目，五柳就荒空結廬。宋後策論多報國，唐前詩賦總愁余。須臾剩得樗翁在，猶向流年溯起初。

七月廿三

雜詩三首

霜鬢青絲零落愁，遥岑小月一輪秋。中宵醉酒誰人會，獨聽寒江隱隱流。

每聞白水浪濤聲，曾與青山論不平。歷歷濺花清淚日，今生那敢做先生。

岳祠塵土比功名，屈賦生花稱落英。星斗從來垂大地，書生猶是舊書生。

七月廿四

席上三首

春日閉門秋日開，城南設席舊亭臺。孔家乙己茴香豆，一一花雕酒里來。

王維應制酬王氣，杜甫哀時泣杜鵑。俗世莫驚榮辱事，與君一醉到松年。

不覺吴趨長作客，欲斟越釀掛杯肥。席闌蘸酒書茴字，風雨連天醉不歸。

七月廿五

同韻二首

前世曾將今世修，十年小隱楚山丘。關河空許王興國，肝膽何求佛點頭。自是人間無盡日，可憐天下已驚秋。漸離易水嘗慷慨，擊築荆軻落淚謳。

一世平安五世修，由繮打馬過荒丘。醒來不握齊毫筆，醉去那知滿白頭。舊熟黄粱凝露夜，新啼玄鳥掃花秋。獨多麋鹿漁樵趣，錦衣玉食莫須謳。

七月廿六

秋思三首

持杯借箸意紛紛，寫雁描鴻總似君。但覺域中秋氣大，東籬陶菊落黄雲。

鏗然一葉已鳴金，鴻雁向南秋轉深。塵世風刀刻人面，到今只剩舊青衿。

風雨排場去住春，世間諸事少存真。中唐秋日行香入，見許空山掃葉身。

七月廿七

答友人

越臺嘗膽忍蒙羞，吴市吹簫欲訴仇。阮籍登陴嘆竪子，嵇康鍛鐵笑王侯。娉婷桃葉横江去，綿邈鹿車荷鍤愁。若問人間風雅事，清光半損上眉頭。

七月廿八

秋日三首

沙白棲江鷺，渚青開荻花。放舟過野水，風雨好還家。
野圃雷霆響，故人風雨賒。欲聊天下事，一笑煮青茶。
檐上寒雲立，蕭條卧故城。清江滿空寂，日夜送秋聲。

七月廿九

秋日又三首

風雨連風雨，三更接五更。松陵秋下冷，不出鳥蟲聲。

枰外殘兵卒，人間濁酒杯。寒凝前宿墨，淡刷菊花開。

舴艋横秋水，蒹葭生夜凉。佛花無盡日，蓮子墮寒塘。

八月初一

仲秋

秋逸秋興無處尋，浮屠一見更傷心。若非曾到紅泥寺，定是空彈緑綺琴。舊日青檐微雨燕，來年素絹滿林檎。人間獨少清平世，留得白頭聽暮砧。

八月初二

有題三首

王謝堂前燕，豐贍不可期。今人不知字，膽敢王羲之。

抱膝閒池閣，倚鞍寒日邊。秋山行旅遠，不見李龍眠。

丹青多薄命，神采竟由天。衆裏何曾有，尋他千百年。

八月初三

有亭二首

有亭唳鶴認鄉關，舊國清談咫尺刪。秋日來尋黄耳徑，行斟二陸草堂山。

知我近年心事寥，秋風枕夢過中宵。吴王圍獵秦馳道，一似松陵草未凋。

八月初四

鷓鴣天二首　秋上寶山寺

僧煮青茶竟日閒，山房乞坐在東園。平城木塔聞如是，故國紅塵望不穿。非有意，了無邊，南雲淑氣已涼天。悲欣誰識人間事，總是傷心未盡年。

鐵馬松風一并喧，浮屠拾級上雲端。闌珊燈若天花落，空寂心教大夢删。來雁月，斷鴻天，秋田渺渺客鄉關。誰知風月無邊事，只有殘陽似舊年。

八月初五

寶山寺歸翌日二首

曾向三生作春夢，還從五夜望秋雲。迎歸燕子青泥寺，滿地降香黃葉紛。

七層建塔破雲層，供奉千秋萬佛燈。彈指須臾來去裏，謁逢火石電光僧。

奉覺醒大和尚二首

高僧玉佛兩含眸，流水空雲又一秋。所幸前年同指月，仰望項背上鐘樓。
大德無量心事柔，散花蒲席釋深愁。來年記得中秋月，曾照五更黄葉樓。

八月初六

秋分三首

不得輕雷瓦上聞，已將蕭瑟兩平分。去來都在秋風裏，吹盡家山半屋雲。
淺涸寒塘淡駐雲，蟄蟲坯户見秋分。懷中含穎霜毫筆，抵得看囊錢幾文。
聞雷落箸惜逢君，使酒推松嘆不群。可是王孫能笑傲，秋分清淚各紛紛。

席上贈劍秋口占

高天厚地不言師，一見傾談似舊時。抱石風眠楚生事，命中甘苦幾人知。

八月初七

懷古四首

寶馬扁舟未必真，汴梁乞許片時身。子瞻風雨龍眠夜，最是鋒芒絶世人。
數莖白髮感知秋，楚楚衣冠鬧不休。莫向劉郎問田舍，停杯百尺卧高樓。
重睹開元已不能，欲臨天下更無憑。一從劍閣聞鈴後，惟有鵑聲泣杜陵。
買舟范蠡歸吴隱，抱石屈平悲楚聲。絶世横行真猛士，浩蕩煙波不聊生。

八月初八

霜重

霜重露寒心事微，長溝釣月不須歸。高丘寂寂黄香滿，平楚蒼蒼烏鵲飛。夜雨客曾酤緑蟻，商風誰與叩柴扉。昆岡此去無多路，舊日草堂哀陸機。

題百合酬覞

過了卷丹花放日，荊溪百合大如拳。憑君遥遞摩拳久，又與秋風添一年。

八月初九

帶礪

帶礪關河幾式微，空雲聞得鷓鴣飛。山山寒色長哀命，樹樹秋聲又落暉。北海吞氈漱白雪，東籬采菊解青衣。五車駟馬才名薄，不見書生淡忘機。

八月初十

粉墨

粉墨人間任鼓吹，英雄歌哭似銅錘。南來天馬坦夫壯，東去大江蘇子哀。萬世清平萬難有，兩間榮辱兩由之。逢君喚酒銷秋夜，得展眉時且展眉。

八月十一

雜詩二首

寄萍堂上落霜毫，紅藥橋邊醉濁醪。但愛齊姜雙白石，小紅低唱朔偷桃。

攜手河梁涕淚遲，芒鞋破鉢感迷離。蒼蒼千古雙蘇李，去國飄零檻外悲。

八月十一

唐白釉兔口占

爰爰有兔漫嗟吁，明月良宵搗藥孤。難得化身唐釉白，薄塵趺坐一須臾。

八月十二

小崑山四首

别後能無淚，歸來髮已蒼。何曾心事改，但改舊時裳。

一時心寂寂，萬古字蒼蒼。緑墨留麻紙，與誰論短長。

白馬曾分别，青山待落英。何曾憎命薄，有幸作書生。

秋色三千里，静暉如欲然。當時曾得見，唳鶴草堂邊。

八月十三

金風二首

金風入夜静無聲，滿地清霜滿月明。塵世多情是多病，獨尋桂子過三更。

少年子弟久飄零，欲與青山兩忘形。幸有黄香還憶我，前宵落滿舊門庭。

馬骨

千金馬骨本無名，沙起雷行了一程。流落燕台身後事，夢魂誰與泣生平。

八月十四看張

入世出塵眉眼青，已飄零去未飄零。傾城文字多殊俗，誰似當年張愛玲。

秋夕四首

永夜清光看月升，薄明漸減小窗燈。吴娃歸棹秋濃處，秀野橋邊賣嫩菱。

偏是平生愛秋白，伫看明月上高陵。多因心底常留酒，離别經年悵不勝。

萬古斫香匀禹域，九霄搗藥叩秋聲。可伶天下團圞日，除却雲樓幾處明。

秋夕旗亭知爲誰，緑醅紅粉數行詩。眉峰照射雲間月，吟對長安十二時。

八月十五

秋夕

門泊東吴萬里船，東吴秋水碧連天。及時載酒中流去，抱月清江一枕眠。

涇塘口占

緑葉漸黄黄葉歸，來時團簇去時違。秋江天暮看流水，前度紛紛白鷺飛。

八月十六

鷓鴣天

信宿漁人飲一杯，丈夫在世不須歸。百年病作重瞳舜，幾度傷成一足夔。　青兕吼，鐵驪馳，潮平野曠落寒暉。人間久許山河重，直把蒼顔白髮摧。

八月十七

曉夢

嚶嚶勝日佳人面，得得窮途老馬蹄。不覺遥春入秋夢，雙柑鬬酒聽黄鸝。

八月十八

誰家二首

誰家天子布陽和，四海貧寒可奈何。又是一場秋雨夜，一杯濁酒一人歌。
雪泥鴻爪自銷磨，肅殺清秋風雨多。萬類鳥蟲皆住口，彌天大夜有人歌。

八月十九

白水

白水青山郭外居，雷霆雨露兩多餘。僧馱小白龍駒馬，俗喜雄黄虎額書。萬古官家難敵衆，十圍松柏莫如樗。年年流水落花去，向日秋田夕照予。

八月二十

寂寞

寂寞塵間事，絲桐酩酊操。三花唐室馬，百草楚人騷。朧月江雲白，寒城夢枕高。扁舟凌萬頃，天水一翎毛。

八月廿一

重檢

殘更吞半月，大夜吐孤舟。重檢囊中句，皤然豁病眸。今生夢何似，去日憶不休。形寄江湖上，神哀草木秋。

八月廿二

寒露三首

若潛大海欲飛難，黄雀渾同文蛤看。最是一年秋好處，東籬瑟瑟子衿寒。

衰年莫識酒杯寬，重睹黄花須盡歡。香冷露寒禁不住，黄花明日欲凋殘。

籬邊陌上冷花殫，索酒空吟玉露寒。殘雁歸來秋已晚，江南江北水漫漫。

八月廿三

雙柑二首

松雲高卧夢無奇，歲晚須驚年少時。爛漫春光合虛度，雙柑鬥酒聽黄鸝。
錦灰文字總迷離，不似才人莫解詩。春水一篙歌吹去，雙柑鬥酒聽黄鸝。

謝王玥䀹大佛手

平野生秋氣，馨香上指尖。蓮心苦分割，佛手福同霑。白馬如無住，青山合久淹。感君時見䀹，歲歲作幽潛。

大邱涇

清秋無不在，况是大邱涇。岸側蒹葭白，波心舴艋青。何須雲淡淡，太似雨溟溟。留意勞神往，聞聲詠鶺鴒。

八月廿四

每憶二首

他鄉每憶舊亭台，班馬佳人何日回。一霎那間秋已老，欲停還舉手中杯。
紛紛兵馬舊旌旗，紅海洋中泣別離。伏枕挑燈都是夢，時時不得夢佳期。

彡彡三首

東園岑寂草彡彡，向日清芬欲捲簾。誰似車前子輕捷，五車書卷一車鹽。
曹衣吳帶兩彡彡，無盡流沙十指尖。難識塵間世人面，伶仃沽酒入青簾。
橫塘秋草又彡彡，那許生花夢筆添。來世今生渾不覺，由它離恨上眉尖。

八月廿五

南雲

粗服常相得，蓬頭亂似麻。低眉水生月，觸目石開花。乏飲金莖露，懶收青玉瓜。南雲下秋雁，隱隱落山家。

八月廿六

雜詩二首

昔年春日石榴裙，相看山中過白雲。自是青花最清脱，草堂杯碟色殷殷。

小坐停雲青渚邊，看囊偶得拙詩篇。蕭蕭華髮可憐見，已長蘇辛李杜年。

八月廿七

蒼天

蒼天不仁義，人子敢忘私。作勢多勾臉，違時少畫眉。經年夢驚破，入夜酒空持。明月稀星里，鵲啼千萬枝。

弘一圓寂日

人生如泡影，水月鏡中天。見鬼忙低首，遇仙輕拍肩。君心渾不覺，我夢本無邊。欲笑悲生事，落花流水前。

遲祭蔡璐

才知青女早飛升，已在凌霄第幾層。有淚如傾收不盡，清輝自照不須燈。

八月廿八

遲祭蔡璐又二首

譜我青春三闋詞，風華絶代感當時。兩間墳草五年碧，剩得一人吟別離。

文字星辰未竟思，悲心難寫筆空持。今生欲作聞琴賦，太似劉郎聞笛時。

八月廿九

一枕

一枕秋空闊，渾忘夢裏身。高軒少奇士，玉律殺詩人。蘇子頻容己，荆公每逐塵。黄花清脱俗，濁世不相親。

戲作用福社韻

忘情桃葉渡，高詠鳳凰台。介士多悲語，佳人有別才。庚年柴扉閉，子夜睡眸開。神鬼吹風雨，雙雙夢底來。

八月三十

拜觀江南劉三印三首

呼名摩石夢江南，黄葉樓頭作醉談。我亦掛單蕭寺客，七分心事似劉三。
馬前士卒命何堪，好夢猶耽燕子龕。合是青春舊相識，聽鸝鬥酒擘雙柑。
英氣悲聲南國春，飄蕭書劍僕風塵。招魂托體青山下，俱是青山愜意人。

九月初一

有感胡適日記二首

日常文字惜當時，知是平生緣數奇。記得無邊風月事，棹頭秋夜雨淋灕。
亂世文章亂世收，那堪亂世送爭籌。適之日録誰人得，直似當今萬户侯。

九月初二

濁酒

濁酒意寥寥，馳思長契闊。何曾心垂光，空言老眼豁。鴻雁開陣圖，秋下雲水白。
元非江南禽，蒼蒼爲賓客。沙渚九月寒，荻花候潮汐。黄裳經亂離，無夢到赤舄。
平野待西成，晦明漁樵宅。在山落殘陽，在水漱磐石。微命能何之，鬼神來虚席。
楚些不堪聞，失名湮籍籍。有子吹陶塤，兀然起魂魄。

九月初三

蘇杭三首

兩間憂樂竟何如，勝狀巴陵一尺書。石戴天平持萬笏，范家夫子聽傳臚。

翠微亭北老風塵，小帽青衣醉酒人。萬字碑文幾家有，平生最苦作良臣。

天馬南來已爛柯，高宗臘夜定風波。臨安莫許傷心處，一闋衝冠怒髮歌。

魯迅忌辰二首

起然煙卷每深思，秋肅春温筆一支。又是重樓遥夜日，爲誰重憶迅哥兒。

刀叢文字朽無期，天下暮秋風雨遲。久植生芻持謁拜，兩間一卒迅哥兒。

步白居易九月初三韻

殘照長天秋水中，東園青瑣石榴紅。重逢九月初三夜，在水月明如引弓。

九月初四

秋思三首

秋水秋山冷，人生九月涼。紛紛結秋露，處處下殘陽。

對鏡臨池水，相看已陌生。年華似刀刻，瑟瑟有秋聲。

疏雨西窗外，空蒼感寂寥。秋宵長入夢，夢夢接秋朝。

九月初五

詩說三首

詩經漢詩句，欲把古香收。唐宋生花筆，深悲搖落愁。

抱石沈江去，大哀歌楚騷。斯文何所似，閃閃殺人刀。

武陵夢歸去，灼灼遍栽桃。誰識清腴意，幾人能慕陶。

九月初六

步杜甫解悶十二首韻

長安一別向山居，清句吟哦白髮初。舊雨依稀夢難到，水生明月木懸魚。

披衣策杖過嚴州，烏石山中乞士樓。記得孟生舟近月，三江口枕水東流。

金粉六朝長帶秋，秦鞭一道破高丘。烏衣朱雀飄零甚，桃葉無歸白鷺洲。

磯頭采石秋雲外，月下倚松春澗中。烹酒賭詩歡夢覺，終成湖海白頭翁。

偶作高人一字師，何曾一法決狐疑。清時有味無從説，明日自燒今日詩。

世事人心兩黯然，文名最苦史詩傳。交情如水長清淡，對酒濃燒縮頸鯿。

小坐殘陽草堂北，欲聞鶴唳獨長吟。了無他物堪倫比，二陸明明士子心。

偶得沈香鑿水丞，還將宿墨畫青藤。平生亦喜王摩詰，附鳳攀龍總不能。

道是荔枝希世有，紅塵一騎向長安。而今誰詫貴妃笑，千指人家紫露團。

不盡詩家詠荔枝，紛紛清語夢逶迤。只因君主重顏色，驛馬死生何必知。

獨擘荔枝誰得似，四時瓜果空收成。廟堂不與書生語，自向浉田山谷生。
官家四海出旌蒲，士子冰心在玉壺。不是中州開氣象，千金買骨又何須。

九月初七

霜降

獨與梧桐老，清尊又送秋。韓公過秦嶺，蘇子在儋州。玉甃寒初結，陶籬香欲留。獵豺霜降日，肅殺祭崇丘。

霜降日六首

玉人無處問歸期，舊國前程更不知。欲笑塵間碎風月，盤中紅顆泣相思。
依依楊柳斷腸思，江閣秋興無盡時。小鳥桃花凋翡翠，美人菱鑒褪胭脂。
蘭成文字誰曾似，苦與江南久別離。摇落江潭枯樹賦，漢南渭北淚紛披。
堪憶馬頭銜雪時，墨磨盾鼻浩吟詩。人間心事長相得，秦嶺藍關韓退之。

谷水凝香鸚鵡粒，昆岡奪翠鳳凰枝。雲間不只文昌地，萬畝糧田天下知。
九鹿回頭無已時，四鰓驚夢到今疑。季鷹又在秋風裏，寄迹松陵垂釣絲。

霜降夜落齒口占

搖落深知一齒悲，渾如木葉忽辭枝。可憐永夜初霜冷，人世最哀長別離。

九月初八

心事四首

心事人天夢不支，就荒三徑草離離。秋蟲坯户潛聲息，寒露青黄玉竹枝。
生死險夷能與羈，羊碑墮淚不知誰。朝來舊雨須臾夢，閒得占龜笑祝蓍。
自愛平生狼藉時，不時瓜果不療飢。僧廬乞茗聽松柏，向晚西風寸寸吹。
紅淚流乾不可追，洞庭渺渺玉人悲。若非斑竹紅塵劫，定不尋君到九疑。

九月初九

重陽二首

昔年風雨見重陽，明日黄花剩晚香。拾級高岡詠留别，異鄉異客滿頭霜。

黄花明日折殘枝，欲上梅岑定是癡。掬月客邊秋水滿，持山野岸夜星移。但悲亂世長瞠目，所幸餘年未植鰭。湖海紛紛雙鯉札，班班白髮倚東籬。

梅岑野老歌

梅岑野老五茸客，策杖高丘黄花陌。冷霜不禁平楚寒，蔓草曲徑俱開闢。秦時馳道吴獵場，更圮南渡龍馬驛。有人横笛嵩塘西，青眼相加素湍碧。少頃風波如指彈，離離秋草堙赤舄。詩宗衣鉢勞相傳，目猶重瞳身消渴。爛錦文言值十千，返照青林鴉雀活。樵葉掃松意淒迷，但笑東坡聒通脱。亂夢不計風雨賒，四合雲嶂欲排闥。夢罷開眉歌大哀，足下樓台連天末。

庚子九百首

九月初十

鷓鴣天　朝夢南禪寺

東土李唐舊隱淪，緣何長向五臺春。千千得意拈花指，一一忘形面壁身。　持杖鉢，下麒麟，風塵僕僕踐風塵。壟頭麥望斜陽寺，緩緩來歸閱世人。

九月十一

晚秋三首

風霜退筆幾摧眉，空壁掛琴停酒卮。聊倚瑶人佳氣韻，吟存客夜晚秋詩。
平生悦目是青衿，世事不平呵壁吟。横海東來今已老，幾回有夢上梅岑。
江庭有樹皆黄葉，山舍無窗不白雲。最似凉秋君與我，老耽卮酒少從文。

九月十二

秋眉三首

熟煮黃粱不久長，故園歷歷舊排場。寒窗凝看西移月，客鬢秋眉已帶霜。

衲子前生何足誇，飄蓬今世久離家。普陀寺畔塘頭石，見晛重逢寶相花。

白眉秋水已斜暉，俗世功名莫若歸。始齔小兒何所憶，村頭銀杏葉紛飛。

九月十三

鷓鴣天　席上有贈

同學少年白髮疏，蒼茫故國漫嗟吁。彩雲來去非烏有，蛺蝶醒眠定子虛。登嵩岳，插茱萸，清秋沽酒食蒓鱸。從心所欲無逾矩，清氣盤桓如始初。

鷓鴣天　初見贈子建

遲謁長屋二十年，清狂曩日散論篇。獨孤劍刺龍夔夜，空寂心生雨粟天。　桐花下，爛柯前，兩間瀚海闊無邊。去天三尺蒼茫氣，萬怪逢場神擦肩。

九月十四

記夢二首

逐江凋遠樹，戴月渡孤舟。霜重龍潛夜，潮平雁宿秋。盈盈寸心雪，落落丈人愁。載得天涯酒，飄蓬失去留。

江河秋浩蕩，相見酒杯寬。乞士黄香榭，美人紅藥欄。碧溪過雨急，白雁掣風寒。因夢思寥闊，紛紛上筆端。

謝贶有憶

玉環纖指夢盈盈，欲醉還斟溯舊程。丫髻山邊積香徑，曾携文旦祝秋成。

九月十五

題漢攬轡紋殘磚三首

隔世玄黄舉目親，漢家刀筆久沈淪。浮光吹息遺殘甓，上有鮮衣怒馬人。

鮮衣怒馬欲何之，頻折灞橋垂柳枝。自是蒼茫漢家氣，少年子弟漫驅馳。

萬乘隋唐哀不勝，聞鈴劍閣更何能。後塵僕僕風塵子，衣馬輕肥過五陵。

望日二首

嫁與西風不自知，木樨秋晚隕香時。誰調鸎鵡聲聲囀，正誦隕香秋晚詞。

岸芷汀蘭憶舊春，飄篷湖海不羈身。棹頭十五殘秋夜，明月低回似故人。

九月十六

拾翠三首

天涯行旅止柴扉，拾翠溪山坐落暉。隔水樵夫時問答，無風無雨濕秋衣。
小民升斗草花微，老病死生心事違。世有才名能不朽，一襟涕淚故飛飛。
笑言猛虎嗅薔薇，愁見中州桂子肥。又是一年青女月，萬家辛苦置寒衣。

遣興六首

萬是非原無是非，飄零塵世影形微。相逢此夕深杯裏，淺淺秋凉白袷衣。
讀書學劍總流連，久夢看囊五銖錢。秋杪無花能佐酒，漫成一闋鷓鴣天。
別時青鬢石榴裙，杯酒天涯班馬分。只合平生湖海老，已無心力賦秋雲。
苔磴蒼蒼百尺臺，人云釣客昔時來。我來不問人云否，但覺心中猿嘯哀。
必是心中有大哀，寂寥今世一徘徊。馬爲秋夢夢爲馬，能似奔雷破夢來。

老境清凉已式微，愁心那得澹忘機。雁翎亦識秋霜重，忍向寒江蘆荻飛。

九月十七

飄篷四首

橘緑橙黄幾度新，迎春花發不知春。兩間絶少堅牢物，任是傷心愜意人。
子曰江流晝連夜，詩云潮汐去歸來。飄篷行止無人識，斜望停雲飲一杯。
李白秋興重逸興，飄然獨出見崚嶒。何堪萬古無雙筆，啼斷楚猿吟不勝。
王孫有日下麒麟，始信君王不永春。省識上林花氣息，賞花人作賣花人。

九月十八

擬李白灞陵行送别古意夢得小崑山留題

暮登讀書臺，半壁石皓皓。上有九天之唳鶴，下有二陸之素縞。黄耳傳書風扶摇，自是歸來不藉雲間草。新秋舊秋秋無窮，蕭蕭木葉鳴西風。須臾抬眼都不見，唯見古道殘陽中。

有憶

向來幼林不伐夭，而今窮秋落葉老。瑟瑟西風替人樵，滿地狼藉盡横掃。剪燭丙夜之綺窗，支頤朱欄之初曉。寒山苔磴青蔓蔓，霜蹄玉露冷月杪。不見斯人已何之，空言去路之杳杳。

九月十九

恭迎觀音出家日二首

人天偈頌妙如詩，最是霜秋十九時。千萬蓮洋點頭石，聽聞一一嚼楊枝。
滄海蓮台故鄉住，觀音大士大慈悲。何堪七十天涯老，但覺晨撾到夢遲。

青渚

青渚垂雲蘆荻秋，賓鴻曾見過長溝。漢宫流月逶迤冷，唐室離魂窈窕柔。竪子從來何足惜，君王到底不堪愁。風塵淪落音空絶，忍聽逝川無盡流。

九月二十

盛唐六首

唐娃天下肥，天下重楊妃。詩聖杜工部，時吟瘦馬歸。

三彩披藍釉，五花龍馬姿。當時每相遇，相遇已忘時。

驊騮曲江曲，素面坐楊姨。道是琉璃翠，紛紛脆别離。

華清昔有池，寵愛洗胭脂。盛世無來日，明皇近不知。

不測胡兒意，須臾腸悔青。蜀鵑啼不住，萬乘泣零丁。

帝業千峰頂，幡然馬注坡。開元天寶事，剩得少陵歌。

九月廿一

柑棗二首

碧玉杯中酒，烏絲欄外詩。徬徨猶撲朔，吶喊已迷離。漏夜秋霜白，空階曉露滋。破空雙棗樹，寂寂惹相思。

噙香憑鶴算，甘苦兩由之。亂世翻無事，殘年或有期。曉窗停夜雨，宿墨接秋思。老杜雙柑樹，婆娑鬥酒巵。

九月廿二

立冬三首

燕雲次第雪花開，舊國黄香化劫灰。秋短難留蕭瑟意，北風洗馬過江來。

河冰地凍始今宵，雉入滄溟爲蜃珧。木秀空林天不永，朝秦暮楚各飄蕭。

冷香散盡已難回，不負君前暖酒杯。雪日理筝歌絶曲，聲聲清發楚亭臺。

九月廿三

夢得安期峰三首

故里尋蹤東海東，當初只是小孩童。安期大夢何曾覺，我已匆匆白髮翁。
聞得秦皇早斷鴻，當初只是小孩童。到鄉食過安期棗，懷抱清真本不同。
夢短夢長秦失鹿，當初只是小孩童。亡秦三户楚興漢，唯有安期識蒯通。

庭中所見二首

碧葉琉璃脆欲流，可憐楚楚滿庭愁。原非舊事時時有，不見清秋紫石榴。
迴塘曉鏡白眉長，獨倚秋窗酒滿觴。華蓋亭亭木樨樹，已停庚子一年香。

九月廿四

吞韻四首

冷落關河望眼温，頻繁霜鬢盡愁根。西風圍困孤燈夜，流淚到唇和酒吞。

人面馬蹄何足論，他鄉異國各銷魂。少年同學多微賤，久被此生風雨吞。

記得當年舊屐痕，咸陽城堞醉吹塤。帝陵封樹猶呼吸，民意幽潛自吐吞。

最是傷心屈子魂，上天下地兩無門。斯人斯石清渾一，萬古魚龍莫許吞。

蘸酒二首

烏篷憶得鑒湖船，秋去冬來欲盡年。蘸酒寥寥寫茴字，今宵一醉孔門前。

虎病鷹眠氣概真，饒它河岳幾番新。死生契闊尋常事，權作尋常惜命人。

九月廿五

讀白石畫四首

解衣釋釋寄萍堂，六月荷花十月香。白石老人詩第一，不教敗筆墮寒塘。

瀕生大命亦堪豪，欲用健毫先用刀。俗子雷同神覺痞，每從曼倩學偷桃。

蝦兵蟹將欲何之，湖海巡回萬古痴。五色空明分墨處，榮名不在大紅時。

咫尺林泉白屋幽，匠人刀筆有奇謀。水描眉黛山隆鼻，柳下寒暄小卧牛。

九月廿六

鷓鴣天　十三元二首

每與白雲共吐吞，松泉溪石覓雲根。西山落日暉光冷，舊國征人濁酒温。　拴倦馬，掩柴門，鷓鴣明日憶啼痕。乾坤冠帶飄零盡，雪沃冰封萬木髡。

蔓草山塘魚鳥喧，誰人客地詠梁園。榴花杏葉橫青瑣，麗日晴雲斜碧鴛。尚可喜，忽忘言，劇憐前日失椿萱。暮秋短景安巢晚，休管人間諸事繁。

得閒一首

風月無邊盡可删，歸心不必解刀環。僻居秋晚人煙淡，又得浮生一日閒。

九月廿七

秋暝三首

紛紛潛海翻成蛤，了了無憑雀夢新。知是清秋不長久，夢中誰憶客中身。

河澤山林木葉紛，雲間牽馬浥清芬。轉移斗柄驚秋盡，落定塵埃惜夜分。

才情最許酒初醺，挑落霜刀刻舊文。風葉清秋雨花日，南山石上寄煙雲。

拜觀百佛精舍所造佛像印

又在菩提花下坐，無他無我忘吟哦。青山寄命天涯客，剩有悲心拜佛陀。

九月廿八

秋盡三首

一種幽思無處眠，似聞唳鶴渡陵田。清涼天欲鴻毛雪，秋盡中庭第幾年。

清游側帽花插偏，息影横塘命苟全。客地酒杯長對月，離人詩句自編年。

向日草堂秋水前，嶺雲江樹起寒煙。酒人不憶城隍事，但愛槳聲似舊年。

頃見鐵樹開花

應是佘山夕氣佳，授衣怒放鐵蕉花。佘山後約三千日，佳日三千花更奢。

九月廿九

戊夜二首

冷月看殘戊夜中，人間休戚鳥蟲同。弄潮欲作擎旗手，衝雪翻成策杖翁。

飄篷夜艾雨瀧瀧，夢醒無聞流水東。落得此生湖海老，一燈對月捲簾櫳。

雲間懷古四首

落帆歸別浦，掛劍細林山。陳夏應相得，詩文不可删。

生死功名事，空餘黄耳還。誰云慷慨氣，不識解刀環。

人生不稱意，應惜鐵崖頑。襟抱清平樂，性情菩薩鬘。

東佘山下小窗幽，曾住眉公到白頭。未必清貞能隱士，才情不付水東流。

十月初一

有贈二首

又似汪倫招飲時，山家不矗酒家旗。細林千尺桃花水，李白乘舟合有詩。

上冬初一酒三巡，花發芙蓉如抱薪。塵世無多如意事，與君醉煞小陽春。

顔魯公書羅婉順墓誌出土二首

盛唐王氣錦麒麟，三十八齡風采真。畢竟清臣上柱國，骨力毫芒豈隱淪。

氣節堂堂誰似君，頭顱輕擲向燕雲。我心獨拜真英烈，勒石書丹憐寸分。

十月初二

暮年二首

暮年殘歲客，去住不分明。雲脚逢新雨，江頭憶舊名。水深魚飲飽，山厚鳥鳴清。立地非無事，留餘一壟耕。

涕淚紛紛下，愴然天地思。買舟歸棹日，落馬滚鞍時。大義猶難已，卑心未了之。陳家無事業，但有拾遺詩。

忘性

少時異稟賦，全拜上蒼賜。過目才須臾，憶得萬千字。人生不如意，老境悲生事。鐵蕉花不發，黄葉落滿地。頭顱行萬里，所思獨憔悴。近吟詩三百，過後俱不記。

十月初三

所思二首

獨聽遥岑汐漲池，寒生平野水離離。草堂新雨虚吟席，酒肆遺風斜矗旗。潦倒平生近王粲，清狂隔世望袁丝。小窗明滅霜天下，雪沃中原掩卷思。

塵囂不到故城池，一陣空凉一别離。舊國衣冠圖富貴，殘枰車馬擁旌旗。奪眶熱淚銷秦夜，沈璧清輝弄楚絲。客里須臾雙鬢雪，雞鳴五夜不成思。

十月初四

頃憶逸梅丈人三首

紙帳銅瓶録舊聞，蟲沙猿鶴竟紛紛。丈人寸筆雙清逸，祇有梅花可擬君。

亂墜天花不可云，前塵心事悉成文。晚香三徑頻親炙，薰習時時到夕曛。

志士才情空寂寂，幽人懷抱每殷殷。落花散葉千千字，未及傾杯醉已醺。

劍秋招飲席上二首

故國山河大夢連，容光奇氣不如前。同焐司馬相如病，猶盡詩情酒盞邊。
湖海杯盤醉欲眠，人生契闊惜因緣。尋常風月無邊事，任是翻雲覆雨天。

十月初五

邑中五絶八首

邑中無翠樹，歲序不知歸。一日江湖去，山山黄葉飛。
逝水歸颿急，猿聲長短啼。其心無去住，月上五湖西。
此意長相契，浮生記姓名。斯期西晋帖，艾艾舊嚶鳴。
南國有佳人，相思久蕭瑟。天光過白駒，寒樹猶芬苾。
高枕不堪憂，詩人何足恤。金風詠楚騷，蕭艾一時密。

黄花凋盡矣，所别秋而已。三徑忽荒凉，蕭條獨徙倚。
壕上垂星斗，相看自不休。逝舟如逝水，到此莫淹留。
倚松坐翠微，大似退之歸。漏夜頻穿夢，黄昏蝙蝠飛。

十月初六

示少文

銀杏萬年樹，元龍百尺樓。上冬既望之皓月，三紀亥年之雁秋。遥遥平生之母難，最是殷殷今世之子憂。行盡天涯收健翮，刹時飛雪如卷席。莫問柯爛幾寸分，由它白駒過裂隙。

十月初七

對酒六首

對酒山家雁蕩西，鳴禽春草兩萋萋。謝池一日吟留别，無數青山到馬蹄。

夢裏曾經幾度身，地偏識得小陽春。溪下虎鬚青枕石，曾逢故舊十年人。
命藉生花筆一支，烏絲字迹幾人知。若如初見納蘭面，酬唱若如初見詞。
白屋青山雲掩門，坐看落葉向黄昏。如龍老子隨元化，化蝶莊生偶蟄存。
史家涕淚少相親，椽筆蒼茫末必真。芳烈非因身世厄，馬遷原是楚騷人。
塵土功名慷慨真，江山萬里折腰頻。清臣赴死良臣蟄，權作掃松添酒人。

十月初八

小雪三首

英氣雄心兩式微，時逢小雪若如歸。南天雨歇虹藏匿，北地風寒雁退飛。
洞庭憶到一篙斜，小雪天開六出花。夢底幽蘭猶奪翠，獅爐圍坐食糍粑。
合是清寒小雪時，獨吟温婉晏家詞。鯨潛大海熊升樹，冷暖從今各自知。

歲歲

歲歲如秋老，薄尘諸事違。才人輪馬骨，介士泣牛衣。金薤無時盡，錦颿何處歸。長安天欲雪，病目有光輝。

孤斟八首

空空對天地，了了計桑麻。密密紅繩結，青青佛手瓜。
白屋惟蓬蓽，柴扉傍古椿。孤斟每相憶，并世鳳毛人。
托體風塵際，吟哦只自珍。推敲門欲啓，此意更誰陳。
史帙哀龍蟄，王侯喜鹿肥。憑欄時掩卷，故國雪霏霏。
徙倚關河冷，飄蓬客草堂。筆端何所有，掛角夢羚羊。
詩家無仲伯，湖海時虛席。大匠不知名，才情何足惜。
陶酒佐陶琴，謝池過謝屐。齊賢長不得，獨坐青山夕。
李杜天難死，行吟萬卷詩。豈因金薤美，心意本無私。

夢得林風眠二首

大匠幾曾聲息微，那知心事總相違。還鄉衣錦空添置，淚下寒陂蘆雁飛。
應似陶潛抱素琴，更同謝朓獨登臨。瓶花仕女扶疏盡，誰識天南寂寞林。

十月初九

士子二首

無須白髮問年庚，霜刃匣中鳴不平。除却青山誰會得，摩挲磐石刻詩名。
士子豪情快似刀，心輕一死等鴻毛。慨然攬轡憂天下，搖動江山賦楚騷。

十月初十

聞長安大雪二首

茂陵霍馬卧寒暉，雁塔僧寮燕不歸。此去長安數千里，夢長聽得雪花飛。

二塔無窮法露華，五陵終古在天涯。曲江一夜潼潼雪，盡是李楊能語花。

見晋時耳杯口占

憶得鳥啼花落痕，惠風和暢忝登門。蘭亭三月初三日，王謝流觴酒尚温。

湘月　用龔定盦泛舟西湖韻

和衣睡了，想羚羊掛角，銷魂流麗。幸得夢中行萬里，去住了無邊際。偶視刀環，略清文債，屢拂殷勤意。浮名無趣，所思能與誰計。

鄰比陌上人家，而今老病，日上三竿起。碌碌平生無大事，是處孤心能寄。匹馬緇衣，雙柑緑酒，俱是愁滋味。昨宵留醉，滔滔明月流水。

磐磐三首

白鷺青山對酴醅，霜華短景一時開。江邊細雨多寒樹，曾見紛紛落葉來。

凋盡木樨凋木蕖，連宵風雨過茅廬。時逢殘歲天涯遠，萬里馳傳雙鯉書。

玄冬疏雨十分寒，白水漫漫草木殫。瓦甓前人書富貴，今宵詩筆刻磐磐。

十月十一

清圜四首

王蓮謝豹夢斑斕，人在白雲閒處閒。得見空山鳴萬籟，不聞清澗水潺湲。

豪情昔日不思還，打馬曾經萬里關。落日烏雲嶺頭雪，朝秦暮楚雜朱殷。

隴梅旁落秦川外，丁夜星辰照髩鬟。未必芳香堪遠寄，千山萬水示刀環。

團光寒露兩清圜，最見有情雲水間。三尺青鋒自彈撥，此心合與鳥魚訕。

十月十二

答友人

揚眉瞬目谷爲陵，古道熱腸杯酒冰。春水走投舟上馬，夜燈坐化寺中僧。數聲雞唱猶高卧，萬里猿啼息遠征。三十功名本兒戲，木然涕下總無憑。

有悼

龍馬當初神撲門，何曾守舍已銷魂。休言上帝曾支手，天賦異才能與論。

十月十三

浮生八首

浮生半日在蓮臺，人事天機萬象開。飲畢山茶生虎膽，三人大笑過溪來。

平生好夢不須尋，明月彩雲昏曉侵。又在菩提樹邊坐，安期峰上拜觀音。
何愁枯葉斷藕絲，野水寒雲夜漲池。地湧金蓮無有盡，長相思本不相思。
除却青山無廢興，青山終古自崚嶒。生如蔓草生難了，寄迹青山猶不勝。
無滅無生無不能，星辰日月幾回升。五燈坐卧生花石，三世輪回掃葉僧。
寒池沈碧不飄萍，澗石還如昨日青。已是殘年風雪夜，在山莫與説曾經。
人間棋局懶登臨，將帥成仁不可尋。春夢無須計長短，識途老馬本無心。
清平到老在梁園，地闊天高遠掖垣。夢濕多因寒夜雨，了無啼鳥一聲喧。

十月十四

雨雪四首

今生不再髩絲青，折插梅花柳葉瓶。旁側無人聽香盡，潸然一笑感零丁。
江河雨雪兩遲遲，道是蜜柑新熟時。頃得和菴箋一葉，漫摹樂府謫仙詩。
灘頭獺祭醉中眠，芥子行藏欲忘川。煞是可憐寒夜夢，一杯雙箸幾離筵。

靈犀一點萬山深，懷抱白桐三尺琴。此日風花成雪月，誰人知我發清音。

十月十五

觀三國遺物四首

幾個稱王幾個孤，青梅煮酒亦悲夫。關東遍野露白骨，蒿里雞鳴千里無。
葭月東風天意差，幽燕老將淚交加。隴中未出三分國，赤壁曹軍少郭嘉。
高卧劉郎百尺樓，三分天下幾輪秋。豈憑諸葛勤籌劃，生子亦如孫仲謀。
東風赤壁不堅牢，滚雪褒河萬里濤。七十二番封土畢，曹操依舊活曹操。

十月十六

示少文二首

浮沈人海但由天，君我相斟已十年。老去荒騎多髀肉，曉來對鏡已華顛。

三十功名夢一場，夢圓萬里好還鄉。清平最喜兒郎在，菽水光陰寸寸長。

君侯三首

君侯終作挑袍客，皇叔原來販履人。道是稗官多演義，英雄涕淚十分真。

才子文宗不可期，何堪生死兩相欺。可憐丕也詩無敵，淚灑陳王七步時。

還家去國淚漣漣，旄節刀環數尺天。剩勇李陵才下馬，殘生蘇武已吞氈。

十月十七

西望十三首

千騎擊胡虜，旌旗暗雪山。從征餘一願，生入玉門關。

沙彌俏神色，菩薩燦容顏。玄奘西行道，曾經麥積山。

曾因少陵句，萬里遠驅馳。渭北春天樹，清新竟若斯。

擊鼓沙場死，鳴金瀚海眠。死生堪一醉，御酒淌成泉。

壁畫西遊記，比鄰高老莊。金身卧大佛，僧點古檀香。
從軍多不孝，殺敵少成名。張掖騰歡者，幾曾知死生。
武威西夏碑，近看無從識。字字似沈雷，行行如并轡。
出土雷臺馬，飛揚漢武年。曾言渡龍雀，或説踏胡鳶。
李唐出成紀，王氣自盤圜。憶昔秦非子，執鞭汧渭間。
臨表哀無已，孤心暗涕零。長安千萬里，此日失街亭。
街亭盡黄土，不見寸青生。蜀魏分你我，粗茶説孔明。
年少江湖老，留蹤復寄塵。雲横秦嶺北，徹夜憶詩人。
書生不更事，逝水誦微瀾。大散關前過，才知馬背寒。

松鱸

勝友如詩坐落暉，昆岡泖水掩柴扉。殘年已在秋風外，席上四鰓鱸正肥。

十月十八

水寒六首

水寒馬骨雪堆途，誰是人間大丈夫。性命身家無盡事，當初合飲苦葫蘆。

曾經滄海幾沈淪，但覺山花每比鄰。醉里二三知己夜，夢中嘉樹記年輪。

疏雨梅溪洗月明，誰家系得一舟横。茅檐醉酒無人會，獨與青山認弟兄。

流水一程山一程，江湖流落藉詩名。縱然拾得推敲意，那有韓公并轡行。

清平詩酒討功名，喪亂麻鞋賦北征。失守潼關天下破，欲吟涕淚已縱横。

馬遷手握殺人刀，雨粟滿天神鬼號。自是汗青留絶唱，千秋無韻作離騷。

十月十九

拜觀晋人寫經三首

六朝經卷似沙沈，重見天青字字金。成佛當初善男子，萬千億劫大悲心。

寸心千指不留名，丈室孤檠已洞明。平復蘭亭焉得似，流沙鴈字誦經聲。

烏闌繭紙未能諼，乞士寫經棲獨園。斷楮兩題言未盡，陶廬最憶吐魯番。

十月二十

瓔珞四首

空空十指握流沙，中有六朝天雨花。我亦馱經舊行脚，牽纏隨蹬道途賒。

瓔珞袈裟夢筆花，莫高千佛石雲遮。多情終化無情淚，落地成潭見月牙。

五燈經卷墨蓮花，行似栽桑字似麻。世世生平如退筆，故人舊我夢交加。

明駝代步過鳴沙，遥謁菩提憶念奢。還我三危山窟住，然犀恭寫佛前花。

十月廿一

樵子二首

樵子耳清誰與同，隔山聽響水流東。牙琴摔向深淵去，一去此人天下聾。

萬木桐花幻作真，滿枰雲子見疏親。須臾旁側忝王質，終古爛柯樵葉人。

寒風二首

閒煮清茶詠劫灰，日閉柴扉久不開。耳冷虛聞鸑鷟嚼，眼温欲見鳳凰來。

大千性命若游絲，憶得初開混沌時。席地寒風正漫捲，空無人處笛横吹。

十月廿二

殘更八首

司馬文章態，杜陵詩意圖。沿江系舟楫，俯仰欲齊驅。
客鄉時夢覺，寒水坐菰蒲。信宿秦漁火，殘更漢酒壺。
王命遺龍骨，天時許虎鬚。鈎沈擬捫蝨，盜草問樵夫。
好文如好畫，下筆每深蕪。最喜添燈夜，聽君聊鬼狐。
堂上生紅藥，先生閒畫圖。畫成人不見，一硯尚留朱。
地僻長青樹，石寒雲氣殊。殘年村酒熟，向日醉山趺。
紅樹千花落，清波滿眼酤。爲魚有微尚，唼喋滿江湖。
飛雪隨時化，梅花不見枯。抱香寒徹骨，此意最清癯。

十月廿三

大雪三首

擲籌桑海一年歸，霧塞山河冷翠微。荔挺梅先孤笑傲，今宵大雪正紛飛。
噤聲萬鳥不號寒，大雪紛飛執酒看。亥月由它天地凍，留蹤虎踞與龍盤。
逐江卜得暮年村，呵硯烏闌記夢痕。雨滴梧桐霧淞竹，冰封石徑雪堆門。

大雪又二首

千山枯葉盡，萬象暗風塵。雪沃中原土，天磨下界民。停杯多獨白，舉目少相親。青瑣寒花樹，越年成故人。
茅廬凍冰鐵，寒喙失嚶嚶。雨漲橫塘闊，雪填空谷平。鴻毛等黎庶，鳳闕過公卿。燈下緘雙鯉，隴梅花氣清。

十月廿四

夢謁

虛懷曾數度，次第望柧稜。纓絡三鬃馬，蕓香一豆燈。潮平月圓寺，神秀骨清僧。無上清涼意，行行履薄冰。

十月廿五

臨表六首

臨表涕零勞遠師，祁山六出擁旌旗。蜀中大將多亡故，欲取長安不可期。

欲讀人間萬卷書，衰年心意似當初。劉郎才氣應羞見，求得青山黄葉居。

劉伶有意千杯死，季布無憂駟馬追。清氣狂名皆不是，丈夫在世復何爲。

鳳凰鸚鵡少陵律，明月愁心太白風。十載夢尋難釋卷，逢衣淺帶每重逢。

焚香掃地坐三更，深負少時狼藉名。天許詩情韋應物，無人野渡獨舟横。
宗澤遺言呼渡河，岳飛臘夜逝風波。長溝雪落無聲響，獨策枯藤發浩歌。

十月廿六

竹深七首

竹深喧夕鳥，柚重壓冬枝。倏爾思君切，惟君解我詩。
人心生僻字，塵世苦寒詩。屠狗販履事，丈夫無不爲。
無須添一語，且盡馬前卮。四海多涼薄，逢人不解詩。
曾登謝公屐，今誦謝公詩。清句供山水，能教李白癡。
支杖東坡月，推舟赤壁游。蘇家無别業，只是盡風流。
北窗銀杏樹，大雪始明黄。阿母前年去，思之一斷腸。
年年無不至，香雪落成泥。殘歲重相見，如花又及笄。

十月廿七

夢得數句補成四首

文章乞食酒長賒，寄迹東門詠種瓜。空樹漫山如列陣，聽飛大雪放梅花。
屈子九歌山鬼笑，陳王大賦洛神哀。情非得已空生夢，若是無良詎有才。
原非大匠得微名，頭上青天數尺明。忽見堂堂舊時影，能忘本色是書生。
十年湖海兩流連，最憶小山明月天。記取今生非是夢，一文索我看囊錢。

十月廿八

題漢君眉壽殘碑拓

銷魂塵世幾曾安，新熟春醪絕可餐。四海從文哀巨擘，萬方步武笑微瀾。殘碑漢刻君眉壽，孤抱今題我膽寒。近水小窗如畫幅，梅花銜雪正含丹。

何堪五首

何堪浩蕩風波日，回望天涯浪迹孤。清淚一時頻拭去，又逢雪夜讀曼殊。
底事今宵又向隅，三分雪色冷庭蕪。挑燈但憶離人去，漫卷離人舊畫圖。
幾人破蚌得驪珠，富貴功名問有無。賣馬秦瓊客堂下，一文逼煞一雄夫。
釣得吴鱸飲一壺，醉吟楚客答羅敷。上春新釀開冬熟，十載松陵作酒徒。
松秀空林草盡枯，夕陽山下立須臾。風吹馬骨鬃毛動，看雪滿頭兼滿途。

十月廿九

冬雲五首

冬雪凍庭軒，冬雲凍不翻。鄰村老罈酒，一醉各忘言。
白屋多清福，豪眉不問年。衣冠燈走馬，枕石片時眠。
伊水暗金罍，龍門明鏡臺。曾登洛陽道，舟馬不歸來。

來日復如何，今人久不歌。獲贈雞距筆，落墨想東坡。近來塵迹遠，向晚步蒼苔。樵子閒相答，旁聽老樹槐。

十月三十

故人二首

故人如白馬，去去獨離羣。情切初生月，形同不了雲。低眉無亂夢，行脚有奇勳。萬里馱經卷，焚香亦自薰。

青山多白鹿，來去不相逢。雪徑無落葉，梅溪支短筇。他鄉故人面，前路舊行蹤。竟夕如初見，數聲寒寺鐘。

冬月初一

冬月初一六首

一斛清凉即是家，十分塵思半袈裟。亭臺冬月冰初結，六出花先五出花。

點點烏篷漁火冷，闌干星斗雪清明。江河浪静風平夜，孤酒無言夢不成。

僧家語偈磬三撾，才子歌吟手八叉。芳苾滿庭同聽雪，與天與地與梅花。

江村野渡寒不勝，雞鳴策杖板橋冰。一鈎殘月如雲淡，信宿漁人已滅燈。

一年將去雪霏霏，一盛衰如一是非。銀杏當窗摇落盡，相隨昨夜朔風飛。

落盡燈花雪擊扉，起將白袷换寒衣。十年湖海歸舟馬，村酒自斟歌式微。

冬月初二

昆岡三首

幾巡將盡酒，一顆老頭顱。地掩秦馳道，天開晉畫圖。有亭還唳鶴，無夢不思鱸。寒日豨聲息，昆岡雪滿途。

芒角多周折，詩腸久郁紆。機雲不知命，日下共捐軀。寒樹能今古，落英憑有無。含毫惜文字，率爾復操觚。

寒夜菰蒲盡，雲間坐釣徒。望峰人已遠，聽雪歲將徂。雙鯉無多字，新醅似舊酤。鷓鴣何處去，欲聽一聲無。

冬月初三

棲棲六首

柳葉憶雙眉，梅花奉一枝。重逢天欲雪，無復上春時。
黄裳不能忘，古誼向來知。駐足寒山下，忝斟酒一巵。
介士如修竹，到今歌未窮。摧眉泣聞笛，瞬目送歸鴻。
年序尋常事，平心淑氣衝。若如融薄雪，冬草自芃芃。
落日西山半，都成失馬翁。欲言先一笑，曾是意忡忡。
前事長蕭瑟，棲棲不可追。酒酣時蓄淚，夢亂每尋詩。

冬月初四

脆琉璃四首

馬頭俯仰或由之，魚腹清涼只自知。死似劉伶沈醉後，生同陸羽飲茶時。
十年憔悴過冬時，雪徑無人動客思。永憶西風凉索索，梅亭荒寂淡開枝。
檢點悲懷一卷詩，高軒野圃每心期。紛紛舊雨多行遠，向笛誰聞陌上吹。
人生自是脆琉璃，乍破銀瓶一任之。鬢角青青已難見，還將性命祝靈蓍。

冬月初五

夢得二首

古松盤礴柏參天，漢代衣冠蜀杜鵑。獨卧松蔭柏溪下，適才一盹兩千年。
絶壁聳天青寂寂，洪波射海雪紛紛。一從班馬分離後，無數山樓夢到君。

冬月初六

大醉三首

英氣逼人知是誰，鸞聲馬迹遠相隨。異時隔世忝吹角，十二年來一迭詩。

此意極高猶極卑，吟杯題壁自摧眉。一聲近臘寒砧起，破萼梅花欲滿枝。

夢結雲泥有盡期，袈裟瓶鉢染燕支。無由歸去無由住，辜負金莖大醉時。

冬月初七

冬至二首

看麋解角聽泉鳴，今夜思親夢最清。又是一年長至節，天時人事一陽生。

椿萱示夢永宵頻，向善心思莫隱淪。九九回春長至節，百年掃葉掃松人。

冬月初八

憂樂六首

憂樂尋常事，興亡故國思。手中三寸筆，可以敵雄師。

才調無從適，悲懷一葉秋。紛紛帝秦去，獨向楚山丘。

近來多厭飫，借箸策清游。堪惜公卿馬，難將髀肉收。

窮途依棧豆，老病煮粗茶。此意如樗散，曾經萬里沙。

長夜寒冰鐵，人云春又來。老枝凋不盡，流翠滴亭臺。

徹夜星明滅，若如枰上兵。聞鼙思國手，只是夢難成。

題大秦賦次退之韻

到今豎子盡隨秦，不絕豺聲殺庶民。六國頭顱行萬里，吻刀舔血又何人。

徐家滙口占二首

五十年來大不同，闌珊燈火白頭翁。冷攤曾買靈均賦，匀去囊中兩板銅。
舊是西城南郭外，五茸遥接翠華濃。長途車馬歸來去，揺夢幾回臨九峰。

冬月初九

空山

空山形迹亦兢兢，去意飄零一杖籐。詩入晴溪吟雪下，琴歸雨徑弄雲蒸。違時無賴原無悔，聞道自卑還自矜。堪惜武侯心事重，曾禳續命七星燈。

重睹詠梅舊稿有感

别開暴雪堅冰面，道是梅花不解春。三十八年如紙薄，到今猶憶放翁身。

片紙入藏上圖手稿館二首

一世心思盡付箋，蕭條文字愧唐捐。而今藏到名山去，應是前生有薄緣。

盾鼻松煙舞墨鴉，書生草檄字如麻。殘章幸得天憐見，略似山阿野草花。

冬月初十

征人四首

舊國征人鬢有絲，花間共飲濁醪巵。雲開野圃天欲雪，萬馬昂頭山勢奇。

曩歲將家住楚吴，十年一刹故城隅。閒來不記逃秦事，棲武陵源作釣徒。

青春誤許詠驪珠，自笑也曾充一竽。畢竟詩心能抖擻，星星白髮老蒼梧。

青溪澮澮自盤紆，黄鳥嚶嚶語不孤。雪落空山舊詩句，吟來我欲忘徠徂。

冬月十一

六國四首

六國斷雞鳴，元元不得生。秦王自東出，孔子不西行。
君王長得意，家國每相欺。道是亡秦速，那知張楚遲。
長沙有奇士，曾作過秦論。宣室猶虛席，通宵問鬼神。
飼馬秦非子，棲遲渭水濱。能知子孫輩，攬轡殺黎民。

冬月十二

靜炯生辰有贈四絕句

記得當年誦鹿柴，村扉鄉酒對荆釵。未知前路歸何處，先覺清氛已滿懷。
勞歌心力兩遲遲，三十功名付棗梨。堪笑我家無長物，不存金玉只存詩。

一襲黄裳静無已，卌年青眼炯何如。憐君識得清平意，勝却寒窗萬卷書。
同結茅廬近嶺雲，無須每飯遠思君。寒侵馬骨冰封日，却憶青絲到夜分。

冬月十三

薄醉三首

薄醉君前月未明，昏昏燈火手談兵。廉頗畢竟垂垂老，重執干戈夢不成。
有夢連天暮鴉集，醒來大雪滿庭階。人間黑白誠如此，瑟瑟寒枝瘦似柴。
拄藤朝起繞山行，空谷聽傳踏雪聲。趙宋亭園遺井甃，摩挲遺字半分明。

冬月十四

東風二首

東風燒赤壁，重霧借驚弦。預報冰封夜，公元過舊年。静塵憐白雪，看月對遥天。去歲今日事，抱薪曾不眠。

捉刀眸似炬，過膝手垂肩。説破龍興事，收成自在天。牧民先立木，治國小烹鮮。墮淚千秋去，然犀閲紀年。

冬月十五

二九三首

二九已如三九寒，江村坐待雪漫漫。案頭欲寫新詩句，蘭葉烏絲一樣寬。

村樗聊借一枝安，白屋青溪又歲闌。清早未醒過午食，閒看雪下老松盤。

不負漁樵酒一樽，江山頻拾舊詩痕。白雲滿地成白雪，雁落魚沈寒木髡。

冬月十六

聽雪

君不見，一夜飛雪關山白，冰鋒萬里如過隙。君不見，水無波瀾山無脈，須臾成了天涯客。朔風掃雲泥，雪花如落魄。五燈微命生死齊，經年心事多苦厄。江左歲末徹骨寒，萬籟闃寂聽裂帛，因夢翻入雲夢澤。

冬月十七

菩提四首

除歲吴山冷，中宵楚水温。哨鳴一聲畢，薪抱惜無存。
遥春先到處，數九水漫漫。鶴算由天算，丈夫眉宇寬。
玉雪空山積，心如一葉寒。客中深閉户，即是子陵灘。

薄明清供去，蓮座幾重欄。冬月十七日，菩提正渥丹。

冬月十八

元旦二首

欲雪還冰數九天，微茫心事枕寒眠。一杯香茗歸元日，三疊梅花入舊年。
除歲故山曾采薇，歌隨樵子抱薪歸。而今已是他鄉客，松雪年輪見十圍。

冬月十九

雲間懷古八首

八生曾不見，九死獨存之。道是人微恙，近來平復時。
讀書依絶壁，十年山氣凉。一朝驅日下，青鬢盡凋喪。
有才能傲世，無命别雲間。一自騰雲去，終生不得還。

兄弟雙雙去，太康英氣摧。清名誰不惜，聲淚滿塵埃。
小窗幽有記，才調廓無邊。此日王風近，清貞自可憐。
才大無歸處，人間不得眠。鐵崖吹鐵笛，垂老九峰前。
萬古英雄氣，南冠血淚詩。端哥年十六，此處過靈旗。
哀哀柳如是，此日可曾知。臥子沈淞水，復明無有期。

雁足二首

使君安好否，雁足幾時收。悱惻少司命，艱難多事秋。五花官吏馬，一葉子民舟。曾記春天樹，相看渭水流。

使君安好否，舊國獨淹留。舉世渾如海，庶民能與謀。雄才執牛耳，卑命覓羊裘。來日文章事，春江飲一甌。

冬月二十

長篙

長篙寒水上春賒，山色淹延舊歲華。錯落青檐期臘雪，横斜玉樹孕梅花。愁鄉父老風中燭，草檄書生浪裏沙。身事紛紛曾不記，永宵一覺夢如麻。

過秦二首

二世非因馬鹿休，獨夫誰與賦同仇。逃秦不值成秦俑，哀楚何辭作楚囚。

頭顱千萬瘞山阿，莫罵秦王理則那。易水衣冠白如雪，無人一刻不荆軻。

冬月廿一

清夢四首

雪凝井邑掩雲根，日薄高軒不過門。陌草離離齊抖擻，一陽生後是春温。

素標玄鬢兩蕭條，殘歲寒鄉感寂寥。清早若如清夢裏，一人踏雪過倉橋。

一場歡喜鳳題門，三十功名夢不存。待雪江南歲將暮，比鄰村酒話雞豚。

一例蟲沙與鶴猿，數巡緑酒默無言。塵中心事誰人問，且向寒山訪獨園。

冬月廿二

小寒二首

小寒雨雪兩霏霏，迢遞江樓雁北飛。時序應知人世事，紛紛與我淚依稀。

夢中北國小寒圖，鵲始安巢雉始鴝。獨坐小窗閒作賦，傷情記取一年殊。

重游三首

越水吴山一網收，扁舟煙渚許多愁。前生曾在春申住，今世重來賦舊游。
蒓羹菰米酒陪鰓，黄歇開渠滚滚來。十五夜潮三角渡，連江漁火見燈臺。
砧聲渡我木蘭舟，黄歇初瀾看不休。一闋驪歌半千字，連翩題泐浦江頭。

謝啓程刻句吟成二首

格律少陵誰似之，鳳凰棲老碧梧枝。山河蕭瑟翻無語，狼藉素懷庚子詩。
眉底清氛似舊時，紛紛雨雪冷吟之。多情應是宛陵子，瓦甓刀鋒泐我詩。

冬月廿三

寒夢六首

寒夢翻難覺，誰人訪雪溪。減燈看月色，三九凍雲泥。

一枕留殘夢，五更聞碧雞。逐江吟遠浦，蘆雪砌長堤。
雪色寒相逼，山禽失妙音。雲階通野寺，湖海少歸心。
冰封冷千指，江碧静流深。地氣潛回暖，蠟梅破空林。
古雪無歸意，幽人獨抱琴。梅花開冷榻，漉酒醉花陰。
何曾身事了，每悔是青衿。風雪長相激，銜杯感陸沈。

冬月廿四

長相思　冰封二首

眉漸青，目漸青。數卷青緗一炷燈，三更廊下冰。雪無聲，風無聲。裂帛冰棱無住鳴，鬢邊青不成。

花空林，鳥空林。一夜冰封冷不禁，幽人獨抱琴。夢登臨，醒登臨。來日梅花滿玉岑，臘醅誰與斟。

曩日六首

曩日韶華集楚辭，到今無夢不相思。古歡犖犖佳文字，人愛傳奇我愛詩。
楚人一炬每從頭，天下苦秦秦未休。陳涉何來書可讀，張良無有國能投。
白髮霜毫敵素秋，下看畫戟小温侯。蔡邕一嘆難留命，王允提刀亦斷頭。
王者竊國賊偷鈎，亦因天算亦時謀。狂名阮籍生須醉，憎命嵇康死釁讎。
菱鏡曉看延頸白，雲裳暮染逼榴紅。一從龍駕蕪城去，冰打瓊花罪未終。
長生短景醉銷磨，雲想衣裳一笛歌。四紀堂堂作天子，那堪半日别娥娥。

長相思　冰封又二首

昔有無，今有無。一幅寒山寄迹圖，漁樵一卷書。命何如，名何如。今日歸來池草枯，昔時風雪廬。

吴山孤，楚山孤。吴楚山山雪滿途，能求一醉無。病相如，倦相如。如若重逢如若初，感君雙鯉書。

冬月廿五

長相思　冰封仄韻四首

寒徹骨，凍徹骨。冰封滿地傷清絶，聞得清歌發。歡心折，悲心折。江南一夜頭飛雪，鐵笛風吹裂。

空芳苾，盡芳苾。雪花一尺梅三尺，開滿寒山宅。未青碧，已青碧。青溪已帶春行迹，碧透尋春屐。

雲一色，泥一色。親疏契闊無人識，結屋淞涇北。風一笛，雪一笛。臨風吹雪聲空寂，野岸寒蘆荻。

參爲客，商爲客。風花雪月同爲客，總似參商隔。日過隙，駒過隙。殘年雙鬢須臾白，直面寒山壁。

臘酒四首

臘酒香柑一席歡，長安天氣五更寒。尚留舊夢得相憶，露滴銅人承淚盤。
殘陽落木雁啾啾，帶酒登臨古敵樓。遥看終南山上雪，功名萬古似吞鈎。
茂陵霍墓壓冬雲，山似祁連石虎賁。憐我相如同一病，來尋錦瑟舊清芬。
平心如雪夢辛夷，細雨微吟乙鳥詩。不見今生雙雁塔，舉杯漫問欲何之。

三九

雪屋冰輪没遠空，寒江入夜水瀧瀧。庚年三九近八九，一個古稀垂釣翁。

冬月廿六

雪霽六首

雪霽梅初綻，冰封過雁群。紛紛眉底事，一一著詩文。

三九常生殺，寂寂五更時。江潭湧流碧，冰上走熊羆。
寒日結廬遠，江干舟馬稀。玉杯温緑酒，新膾碧鱸肥。
梅破斷岸月，清寥空自開。持杯共天老，掃雪一人來。
英雄多俗態，士子本無憑。風雪長安道，兢兢履薄冰。
清芬攔不住，旋作探梅人。原與春相識，衝寒未隱淪。

冬月廿七

到今八首

到今猶繞舊時家，烈士斷頭魂未賒。佯醉尊前誰得似，釣臺春晝筆生花。
傷心無計得生天，那有象賢論後先。堪醉平生陶令酒，不貪浮世沈郎錢。
客子何妨事遠游，平生形迹一浮漚。扁舟薄酒天涯去，容與緑波忘却愁。
題壁旗亭落日西，重斟緑蟻醉雲泥。一時紅粉清歌里，風雪甘州匹馬嘶。
平明野水過寒汀，斷岸冰澌碎玉瓶。豪氣無須今惜取，昔時衣帶海東青。

手握風霜筆一支，無心拍案嘆驚奇。圍爐還在飲冰室，踏雪更吟戛玉詩。
滿室冬陽共酒卮，醉題人面馬蹄詩。遠山歷歷凌寒樹，憶得今來古往時。
愁根萬種不勝悲，萬選青錢萬選詩。解釋青蓮無限恨，江東日暮草離離。

冬月廿八

題畫十二首

東風新斗笠，南郭老耕牛。青泖三分雨，空山一笛幽。
妙筆多清氣，畫山生白雲。不在雲深處，在雲獨離群。
山氣老松冷，雲根磐石頑。佳人如皓月，故紙畫荆關。
萬類丹青里，紛紛不合時。橋邊畫紅藥，點點染燕支。
此意長蕭索，陶然次第開。女郎樵葉去，憶到舊亭台。
梅開破冰雪，陣陣碎銀瓶。君是拈花手，教人仔細聽。
秋雲過北郭，落日向西山。同是天涯客，相看已改顔。

寒樹凋零盡，扁舟過太湖。小紅抵唱處，穿荻賣花鱸。
好風吹露頂，薄夜醉當壚。舊雨翻無語，唏噓昔向隅。

本作空林想，那堪朝夢侵。泠泠清露滴，果熟欲來禽。

東坡不痴畫，莫與畫工論。痴學東坡畫，俱非畫畫人。

真氣驅龍馬，神情世不傳。古來希絶品，獨拜李龍眠。

冬月廿九

鷓鴣天　破萼二首

破萼梅花將盡年，沾唇鐵笛正寒天。玉瓶憶插丁香紫，茅屋望歸乙鳥玄。　三泖畔，九峰邊，行雲流水十年間。獨多司馬青衫淚，最少令狐雙鯉翰。

日下雲間一歲安，回程鴻雁系書傳。新詞吟落雙行淚，舊夢淹留萬里船。　枕北郭，卜東園，夢歸二陸讀書年。青衣沽酒應差似，隔水鷓鴣唬滿天。

彈詞逍遥馬坐唐天子句補成六首

憶得當初在畫屏，秦川錦繡蜀山青。逍遥馬坐唐天子，劍閣西風泣鸞鈴。
同死同生不必真，那知香殞地埃塵。逍遥馬坐唐天子，羅帳從今獨一人。
手握江山四紀身，倉皇垂老避胡塵。逍遥馬坐唐天子，豈只楊妃薄命人。
不是牛郎是李生，多情總是最無情。逍遥馬坐唐天子，空結紅塵七夕盟。
雲想衣裳信不能，夢回天闕怕無憑。逍遥馬坐唐天子，索索涕零寒似冰。
同是天涯奪命人，六軍生死等輕塵。逍遥馬坐唐天子，國有疑難不足珍。

能無

能無孤抱得長終，每與前人氣慨同。詩律宗唐近中晚，文風承漢并西東。何來大夢感知已，差似殘年垂老翁。面世風塵少歡悦，尚余一計走窮通。

臘月初一

臘月初一六首

移得老椿堪比肩，幾番夜雪十分妍。臘寒獨愛清新句，吟嚼梅花餞舊年。
佳人手指自纖纖，入夜小窗升玉蟾。清賞鳥魚挑雪箇，神聊茶馬品金尖。
破臘江村冷落天，梅花相讓雪花先。那堪庚歲塵情異，對酒無妨一灑然。
江潭臘緑潛流静，崖谷梅紅香雪深。謝屐拾詩多仄韻，陶巾漉酒每平心。
一臘死生休戚齊，萬方多病太凄迷。冬温不是春寒日，那有半聲黄鳥啼。
臘月起初天氣新，驪黄身事墜寒塵。開門北望鴻歸去，欲放梅花迓上春。

零丁

零丁微命似當年，周折斗升菰米前。但得春衣裁白紵，非關秋榜選青錢。傳家箴訓都吟遍，華國雄辭少賞延。觸緒是時何處去，城邊山更郭邊天。

臘月初二

一瓣六首

三生性命竟如何，一瓣心香拜佛陀。歲歲梅岑欲歸去，近來歸意已無多。

世間幾度認君臣，青史從來語不真。失鹿中原盟白馬，弭兵天下鑄銅人。

嵇康鍛鐵如鳴玉，鐘會回車吐鳳聲。都在一般斤兩裏，教人那得不相輕。

青草池塘似舊春，亂離心事少相親。十年日下雲間夢，一個歲邊年夜人。

不是崩奔是淚奔，舊年風雪塞夔門。萬方新歲猶涼薄，地凍天寒酒未温。

風流人物每相期，湖海同斟但覺遲。老病猶存五弦在，别離鴻鵠已多時。

臘月初三

擬金陵五首

疊疊紛紛夢不賒，六朝金粉斷腸花。一鞭鍾阜秦淮出，無有王孫恨有涯。

最許人間歌式微，東山棋局屐音稀。劉郎夢到烏衣巷，只見尋常燕子飛。

當年李白恃雄才，黄鶴樓頭撫掌來。絶頂詩情動雷電，浮杯醉煞鳳凰臺。

蘆荻蕭寥故壘邊，寒輪依舊女牆前。傷情休作槳聲賦，潮打空城已永年。

緑波朱粉有餘哀，自有濃情化不開。船子釋篙桃葉渡，只因桃葉不重來。

臘月初四

避疫三首

一年傷往事，離亂各閽門。七十知心折，尋常訝淚奔。泣天蟾若失，搗藥兔猶存。殘臘冰簾夜，炯然叉手溫。

臘序同前歲，銷魂復杜門。功名合零落，身事欹投奔。幾近億人病，尚餘諸夏存。思君夢開徑，酒熟有微溫。

靈烏棲古刹，鐵馬響山門。三跪登雲上，雙行墮地奔。榮名時叱吒，微命不留存。喪亂冷光泛，可能盈手溫。

哀沫若

何來才大可欺人，自是氣雄傷獲麟。去國十年文考古，開天并世曲翻新。丈夫得壽多遭辱，秀木經霜少及春。沫若洪波浪相激，空聞郭八浩歌頻。

臘月初五

學劍

學劍讀書無後先，今生得似舊詩篇。欲逢黄耳傳書日，不問白眉看酒年。烈士應憐醉鞭馬，美人猶憶夢啼鵑。戔麻燈下録新句，雪月半輪沈泖田。

讀字口占三首

字是文之貌，文爲天地心。文心終不得，鬻字换黄金。

凌煙法書客，今是練攤人。寄語小兒女，練攤休與鄰。

二王顏柳字，萬古氣堂皇。牛二李鬼輩，如何論短長。

戲題佛跳牆

澄懷差似僧投寺，荒腹無須佛跳牆。梅驛冰蟾同祭酒，驪歌一闋贖清凉。

臘月初六

讀錢鍾書選唐詩三首

打鐘掃地夢魂新，留命桑田第幾春。最許義山猿鶴迹，原知太白是天人。

今世行藏自足珍，前塵塊壘得存真。選詩不必論多少，楊絳原來醉白人。
杜陵白傅輓唐聲，天寶開元涇渭明。後世文心多似宋，只因四海失升平。

最憶二首

最憶靈山乞士家，微聞清磬似寒笳。兩杯香茗三更雪，一襲袈裟五出花。
平生最憶夢天涯，一管霜毫一葉槎。今夜人情真似紙，瀧頭七里寫梅花。

臘月初七

浪淘沙令　五夜一首

五夜落清輝，大野黴黴，殘年風雪破江梅。最是九峰無別緒，到此忘歸。
是是又非非，揮手鴻飛，三更夢覺出重圍。記起故人生死事，鄰笛横吹。

席上有贈三首

可曾心底蓄驚雷，來上江樓盡一杯。滿席繁霜染鬢髮，萬般愁緒笑成灰。
最喜逢君作醉談，淹留書劍客江南。能無心事哀潦倒，猶有衣衿青勝藍。
行雲流水漫容與，草木鳥魚如夢初。能與山河争氣力，萬千文字總清虚。

臘月初八

臘八二首

夢想菩提成道奢，辰逢臘八掇龍花。山門施粥妨時疫，不在僧家往俗家。
到今悲淚未曾乾，滿地龍花坐蒲團。臘八鳳升成道樹，原因老病與飢寒。

大寒二首

山棲鷙鳥空盤疾，水孕寒冰澤腹堅。萬木大寒猶振槁，默存精氣欲回天。

芳華重睹每相期，風雪平生滯險夷。又是神州大寒日，萬金雁字一開眉。

水調歌頭　大寒一首

迢遞垂健翼，騰轉瀉冰輪。大寒時節，逐江清絶失繽紛。流水年華老去，堪惜今宵又似，尺雪壓霜根。萬象競蕭瑟，滿地是詩文。　飲黄縢，歌白髮，客江村。平生最喜，虎病鷹立自銷魂。却笑山僧偏愛，莫怪漁家漫許，携酒叩蓬門。杖策放翁態，屐印謝公痕。

臘月初九

寒疫一首

年臘復寒疫，生民罹難頻。楚吴仍衛護，燕趙欲沈淪。地力時噴日，天時不恤人。駒光揮豈去，蜃氣望猶新。傾蓋風吹雪，縈懷月轉輪。聽憑寒到骨，貞士抱荆薪。

今生三首

今生自笑等蟲沙，來也期期去也賒。離却紅塵才咫尺，隻身已似在天涯。
今猶憐我舊年華，料得今生事已奢。縱有妙香千萬朵，争如刹那指拈花。
衲衣短榻學僧跏，亂墜天花夢法華。自是蟲沙還惜命，三危山上聽琵琶。

臘月初十

曾乞

曾乞寺貍蹲硯右，偶看社鼠撲燈寒。獨園花木酬僧易，故國山河答客難。連月阮狂佯縱酒，窮冬嚴瀨擬投竿。吟成庚子九百首，來日來年來世看。

臘月十一

向笛

向笛成文誰與陳，阮貂換酒少相親。鷹留天臘梅噴雪，草盡江南石凍春。剩有清思隨大化，了無猛志作騷人。忍教雙鬢平添老，看取山河事事新。

臘月十二

戲題福社手植綠梅

凝冬時節賞花開，除却菩提只剩梅。花開綠蕚如杯大，絶似文君賣酒來。

不似三首

不似當年客鬢青，孤檠杯酒閉柴扃。詩家畢竟生年永，頃讀遺編似俯聆。

爨香面壁夢交加，鐘鼓紛紛身事賒。五夜坐行三萬里，一時重檢舊袈裟。
五月酒泉流水香，曾教跋馬過西涼。鎖陽城外沙如雪，瓦甓殘唐刻鳳凰。

臘月十三

疫中

疫中罷雪入春時，杯酒孤筇鬢有絲。最是城空少人迹，支頤無夢亦相思。

臘月十四

離人三首

離人釣雪在山阿，三十六陂鴻雁過。憶得前春相見裹，烏篷一葉出青螺。
客鬢時多涼薄意，鳥魚青眼本無私。廿年一似輕彈指，舊日離歌未忘詞。
才調功名不自知，風雲際會幾曾期。清寒老病都相似，今世留餘是別離。

臘月十五

三五

臘月逢三五，大圜搏玉輪。比來風帶雨，自此水生春。萬萼香清發，六花寒隱淪。人間經大疫，江外卧微塵。

臘月十六

擬酒歌

記得當年兩鬢青，斷腸歌曲獨飄零。而今滿頭紛紛雪，卧篙空對碧潭月。君不見，秦地釀酒瓊林醉，五陵肥馬各争先。君不見，燕臺千金宴馬骨，天涯龍駒盡摧顔。丈夫復何爲，愁心無從寄。山河迤邐飛鳥外，萬里身事一稊米。養家斗升何足計，支離書劍泣流年。風吹人面滿涕淚，登樓又聽啼杜鵑。今宵莫問心頭事，且盡悲歡杯酒前。

臘月十七

有擬二首

淚眼聆君調鳳箏，三生繾綣夢難成。離人獨有傷心事，空谷落花傳一聲。

最是有情無盡燈，黛山煙雨隱眉棱。兩汪秋水都成淚，欲别佳人總不能。

臘月十八

同窗二首

吹散東風見落花，同窗子弟各天涯。眉間唇角猶相識，憶到青春好歲華。

離别青絲歸白髮，重逢已是落霞天。此生所幸都長命，一夢南柯五十年。

臘月十九

鷓鴣天

將盡臘冬將盡寒，園禽曉聽怯聲喧。時艱何惜頭顱貴，老病空教髀肉删。雲黯黯，水漫漫，西傾星斗正闌干。五湖客子繁書札，只問平安不問年。

臘月二十

鷓鴣天

最不饒人青鬢霜，前人來者兩茫茫。離愁萬古歌三李，别恨無邊哭二湘。長凄楚，略荒唐，風花雪月夢千場。漢書下酒今生事，取義紛紛各斷章。

戲贈嘉禄二首

遍嘗辛辣與甜酸，秀色除開盡可餐。有幸今生漫游耍，隨園曾與醉憑欄。
解夢筆尖同舌尖，樓臺寒雨卷珠簾。阮貂换酒千金值，手背留餘一撮鹽。

臘月廿一

漉酒二首

微聞西渡碧吹浪，遥見南山青拂簾。三徑凍泥逢破臘，葛巾漉酒學陶潛。
素琴壁上弦徽缺，寒樹庭中故舊兼。出岫青雲過白屋，葛巾漉酒學陶潛。

臘月廿二

立春二首

嚴瀨酒人新滿卮，桐君山色碧琉璃。推窗撲面春煙濕，撞見東風第一枝。

三江緩緩水東流，且讓釣臺春一頭。唼喋銀鱗緑波動，負冰來啄子陵鈎。

立春即景

勝日扶藤獨避塵，今生約略是離人。滿陂野果來禽晚，緑水通村已立春。

臘月廿三

寒林撿得野果褚君告之曰無患子因有作

青鳥蓬山第幾遭，緑波春棹半天高。先民身世占龍骨，古道梧桐隱鳳毛。拾得東吴無患子，看成西蜀寄書桃。可憐風雪才情大，手握去留生殺刀。

臘月廿四

小年

欲與黃羊先結緣，灶君火急已升天。小民草草棲南地，念四夜中過小年。

鷓鴣天

張岱文章未式微，俞樓棋局總迷離。湖中舟子兩三粒，橋畔瓊花千萬枝。　快并剪，爽哀梨，東風今夜過蘇堤。天堂原是人間世，堪笑王侯不解詩。

臘月廿五

答友人二首

故城舊國夢遲遲，醉聽出關歌五噫。流水沈香山没骨，東風吹雨淚紛披。

并剪哀梨未可期，淹留微命似游絲。多因幾輩愁難盡，退筆尊前添一支。

臘月廿六

聽憑二首

羚羊掛角亦曾聞，煮酒青梅莫與云。鼎大函牛無别用，聽憑簷雪落紛紛。

零鴻河套過黄雲，孤棹洞庭看夕曛。老境殘年希有夢，聽憑簷雪落紛紛。

臘月廿七

蔡邕二首

蔡邕才大自哀身，王允功成枉殺人。幼婦文章黄絹筆，憐它亂世獲麒麟。
琵琶千里五娘恩，争説中郎舊有村。現世功名空夢得，先塋風雪哭斷魂。

水仙二首

春發江南暖緑煙，謝娘柳絮已離遷。琵琶憶得半遮面，看落梅花開水仙。
壓酒探春又一年，吴娃神采夢留連。正逢瑶席清酤日，滿鉢浮香漲水仙。

臘月廿八

近春

梅花空谷落成塵，辰近古稀時近春。蓬蓽漏餘殘月魄，唾壺崩缺舊詩人。但知卯刻雞鳴急，未卜丑年魚飲辛。并世高懷夢難得，成群吟嘯憶前身。

臘月廿九

小年夜青韻四首

無須尺鯉話曾經，寄迹江湖老復丁。此是江南小年夜，尚留一領子衿青。

家山仍舊佛頭青，一澗清泉認觸瓶。此是江南小年夜，燃燈夢得馬馱經。

他鄉人面衰潘鬢，殊俗簫聲滯沈涇。此是江南小年夜，停杯獨坐看寒星。

人生能得幾回醒，醉酒忘情是忘形。此是江南小年夜，與君擊棹過離亭。

臘月三十

除夕二首

家在梅岑滄海頭，年年歸去夢乘舟。當時三尺蒙童子，覆手引牽穿鼻牛。

又當除夕古春頭，家國蒼茫兩戚休。明日青牛出關去，坐牛一散萬重愁。

圖書在版編目（CIP）數據

庚子九百首/陳鵬舉撰．—上海：上海三聯書店，2022.1

ISBN 978－7－5426－7544－6

Ⅰ．①庚… Ⅱ．①陳… Ⅲ．①古體詩—詩集—中國—當代 Ⅳ．①I227.7

中國版本圖書館 CIP 數據核字（2021）第 203322 號

庚子九百首

撰　　者／陳鵬舉

責任編輯／吴　慧
裝幀設計／徐　徐
監　　制／姚　軍
責任校對／張大偉

出版發行／上海三联书店
（200030）中國上海市漕溪北路 331 號 A 座 6 樓
郵購電話／021－22895540
印　　刷／上海惠敦印務科技有限公司

版　　次／2022 年 1 月第 1 版
印　　次／2022 年 1 月第 1 次印刷
開　　本／710 mm × 1000 mm　1／16
字　　數／90 千字
印　　張／14
書　　號／ISBN 978－7－5426－7544－6／I・1724
定　　價／80.00 圓

敬啟讀者，如發現本書有印裝質量問題，請與印廠聯繫 021－63779028